KB182732

위풍당당 여우 꼬리

글 손원평

서울에서 태어나 서강대학교에서 사회학과 철학을 공부했고 한국영화아카데미에서 영화 연출을 전공했다. 장편소설『아몬드』로 창비청소년문학상을 수상하며 작품 활동을 시작해 장편소설『서른의 반격』『프리즘』『튜브』, 소설집『타인의 집』등을 발표했으며, 다수의 단편영화 및 장편영화「침입자」의 각본을 쓰고 연출했다.『씨네21』영화평론상, 제5회 제주4·3평화문학상을 수상했다.

그림 만물상

카카오웹툰에서 따뜻한 그림체와 동화 분위기가 가득한「양말 도깨비」로 데뷔, 많은 독자들에게 열렬한 지지를 받으며 인기 작가로 자리매김했다. 현재 감성적이고 탄탄한 세계관으로「별똥별이 떨어지는 그곳에서 기다려」를 연재하며 자신만의 독특한 이야기를 펼치는 중이다.

위풍당당 여우 꼬리 6 검은 꼬리의 마법

2025년 1월 17일 초판 1쇄 발행

지은이 손원평 그린이 만물상 펴낸이 염종선 책임편집 한지영 디자인 이주원 조판 신혜원
펴낸곳 (주)창비 등록 1986. 8. 5. 제85호 제조국 대한민국
주소 10881 경기도 파주시 회동길 184
전화 031-955-3333 팩스 031-955-3399(영업) 031-955-3400(편집)
홈페이지 www.changbi.com 전자우편 enfant@changbi.com

ISBN 978-89-364-4884-4 73810

위풍당당 여우 꼬리

6 검은 꼬리의 마법

손원평 글 * 만물상 그림

창비

검은 늪에 빠진 여우들에게

등장인물 소개
고민재
멸종 동물을 복원하는 꿈을 지닌 소년. 다른 아이들과 마찬가지로 래아가 뿜어낸 빛을 맞고 움직이지 못하는 신세가 된다.
한시호
냉철하고 침착한 매력을 지닌 소녀. 단미와 한 모둠에 속해 여우에 대해 발표한다.
두루미
만능 스포츠 소녀로 단미의 오랜 단짝이다. 단미와 친구들이 위기에 빠졌을 때 뛰어난 운동 신경을 이용해 맹활약한다.
손단미
구미호의 피가 흐르는 소녀. 그슨새라는 정체를 드러낸 래아의 꾐에 빠져 분신이나 다름없는 여우 구슬을 학교 바자회 물품으로 내게 된 후, 감당하기 힘든 일에 직면한다.
자
회

도래아
비와 바람을 몰고 다니는 요괴, 그슨새. 단미의 마음을 조종해 여우 구슬을 빼앗고 아이들을 위기에 빠뜨린다.
배윤나
2인조 아이돌 그룹 아쿠아마린으로 데뷔를 앞둔 연습생. 모둠 발표에서 단미, 래아와 함께 여우에 대해 조사하고 발표한다.
황지안
단미의 유치원 시절 짝꿍이자 아쿠아마린의 또 다른 멤버. 단미의 비밀을 알고 있지만 늘 단미를 뒤에서 지켜보고 티 나지 않게 돕는다.
엄마
단미에게 구미호의 피를 물려준 장본인. 여우 구슬은 절대 구미호의 몸에서 멀어지면 안 된다고 단미에게 경고한다.
아빠
늘 자상하며 일품인 요리 실력을 자랑한다. 그러나 오랜 친구였던 거북이 니나의 죽음으로 커다란 실의에 빠지고 미소를 잃는다.

차례

프롤로그

11월

11월이다. 11월은 1년 중에서 내가 가장 싫어하는 달이다. 먼저, 주말을 제외하면 11월에는 노는 날이 하나도 없다! 갑자기 선물처럼 찾아오는 휴일도 없이 매일 학교에 가야 한다. 예쁜 가을 풍경이 사라지고 메마른 겨울이 시작되는 달도 11월이다.

11월의 어느 날, 한차례 비가 오더니 거리를 장식했던 알록달록한 단풍이 우수수 모조리 떨어져 버렸다. 그러자 세상은 온통 잿빛으로 바뀌었다. 헐벗은 나무

들은 초라하고 앙상했고, 나뭇가지 사이로 지나가는 바람은 차갑기만 했다. 변한 건 계절뿐만이 아니다. 우리 집의 분위기도 한순간 완전히 바뀌어 버렸다. 항상 웃음이 흐르던 우리 집은 갑자기 조용하고 쓸쓸해졌다. 나를 향해 늘 따뜻한 미소를 짓던 아빠의 얼굴은 돌덩이처럼 굳어 버렸다. 아빠가 해 주는 맛있는 요리를 먹어 본 지가 언제인지 기억도 나지 않는다. 엄마는 그런 아빠를 이해한다는 듯 함께 침묵을 지키고 있다.

이 모든 게 니나의 죽음 이후 생긴 일이다.

니나는 아빠가 어렸을 때부터 키우던 육지 거북이다. 아빠가 지금의 나와 같은 나이였던 열한 살 때 할아버지가 데려오셨다고 한다. 거북이는 수명이 기니까 평생 친구가 될 수 있을 거라는 말씀과 함께.

할아버지의 말대로 니나와 아빠는 오랜 시간을 함께했다. 아빠가 자라고 어른이 되는 동안, 손바닥만 했던 니나도 조금씩 덩치를 부풀리며 커져 갔다.

아빠는 엄마와 결혼한 후 니나와 멀리 떨어졌지만, 가끔 우리가 할머니 댁에 가면 오랜만에 옛 친구와 재회하듯 니나에게 가장 먼저 달려갔다. 니나도 아빠가 반갑다는 듯 커다란 눈을 느릿느릿 끔벅거렸다. 나도 니나의 등껍질을 어루만지는 게 좋았다. 커다란 문양이 여러 개 나 있는 니나의 등껍질은 마치 보물이 숨겨진 곳을 표시해 둔 비밀 지도 같았다.

그러던 니나가 왜인지 초여름부터 시름시름 앓기 시작했다. 병원을 여러 군데 찾았지만 뾰족한 방법은 나타나지 않았고 니나의 병세는 나날이 깊어졌다. 니나는 먹지도, 물을 마시지도 않고 점점 말라 갔다. 그리고 단풍잎이 하염없이 떨어지던 어느 날, 니나는 영원히 눈을 감았다. 그렇게 아빠는 가장 오래된 친구를 잃었다.

아빠는 니나의 죽음이 자신의 탓이라고 생각했다. 니나를 제대로 돌보지 못하고 니나의 고통을 대수롭잖게 생각한 것을 자책했다. 눈을 감은 니나의 곁에서 아빠는 끝없이 눈물을 흘렸다. 아빠가 우는 걸 처음 봤기 때문에 나는 적잖이 놀랐지만 아무런 말도 할 수 없었다. 아빠는 니나의 등껍질을 어루만지며 속삭이듯 말했다.

“니나야, 미안해. 너를 보러 조금 더 자주 왔어야 했는데……. 네가 아픈 걸 더 일찍 알아채고 더 빨리 병원에 갔더라면 뭐가 달라졌을까? 모든 게 내 탓이야…….”

그 뒤 아빠의 시간이 멈췄다. 아빠는 밥도 거의 먹지 않았고 요리도 하지 않았다. 아빠에게서

농담도, 웃음도, 미소도 다 사라져 버렸다. 아빠는 깊고 어두운 늪에 빠진 것 같았다. 그 늪은 점점 커져 우리 집을 통째로 삼켜 버렸다. 엄마도 덩달아 말이 없어지고 미소를 짓지 않았다. 우리 집은 11월의 날씨처럼 메마르고 쓸쓸해져 버렸다.

나는 괜찮을 거라고 생각했다. 나만은 그런 분위기에 휩쓸리지 않으려고 애써 더욱 크게 웃고 밝은 표정을 지었다. 하지만 우연히 아빠와 니나가 함께 찍은 사진을 보고 난 뒤엔 더 이상 그럴 수 없었다. 손바닥 위에 작은 니나를 올려놓고 찍은, 어린 아빠의 사진이었다. 귀엽고 앙증맞은 니나를 바라보는 아빠의 얼굴에는 기쁨이 넘쳐흘렀다. 그렇게 즐거운 시간도 있었는데 이젠 모든 게 없어진 것이다.

언젠가 모든 게 사라져 버리는 거라면 이 세상에 의미 있는 일은 한 가지도 없는 게 아닐까? 친구와의 즐거운 추억도, 가족 간의 환한 웃음도 결국 없어져 버린다면 말이다.

그렇게 생각하는 순간 내 안에서 검은 잉크를 엎지른 것처럼 불쾌한 느낌이 번졌다. 온몸이 땅속으로 꺼지듯 무겁고 끈적한 기분이었다. 거친 나뭇가지로 몸을 쓸어내리기라도 하듯 등이 따끔따끔하고 불편했다. 곧 여섯 번째 꼬리가 나온다는 신호인 걸 알 수 있었다. 모르긴 해도, 여섯 번째 꼬리가 그다지 밝은 성격이 아닐 거라는 짐작이 들었다.

그런데 내가 눈치채지 못한 사실이 하나 있었다. 모두가 힘이 빠진 틈을 타, 수상하고 위험한 기운이 내 주변으로 몰려들고 있었다. 그 뒤로 학교에서 일어난 엄청난 사건과 맞물려 걷잡을 수 없는 일이 벌어지기 시작했다.

1. 장대비 같은 마음

11월 중순이 지나도록 아빠의 상태는 여전했다. 아빠는 창가에 기대 헐벗은 바깥 풍경을 끝없이 바라볼 뿐이었다. 아빠의 기분이 나아지도록 돕고 싶었다. 그때 퍼뜩 머릿속을 스치는 생각이 있었다. 왜 진작 떠올리지 못했을까? 꼬리가 다섯 개나 되는데, 이런 어려움을 해결해 줄 꼬리가 있을 거라는 사실을!

나는 조용히 방 안으로 들어가 문을 닫고 침대 위에 폴짝 뛰어올라 자세를 정돈했다. 가장 먼저 떠올린 건 주황 빛깔 머리칼을 가진 우정의 꼬리였다. 아빠와 니나는 우정으로 연결돼 있으니까, 우정의 꼬리라면 도움을 줄 수 있지 않을까? 그런 생각을 하며 정신을 집중하자 등 뒤가 간질거리더니 주황빛 털의 여우가 샤라락 빠져나왔다. 한 바퀴 가볍게 재주를 넘은 주황색 여우는 어느새 주황 빛깔 머리칼을 가진 주근깨투성이 아이로 바뀌었다.

"오랜만이야! 날 부른 이유가 있어?"

아이가 활기차게 물었다. 나는 기대감에 차서 대답했다.

"아빠가 우정을 잃어버려서 힘들어해. 네가 가진 우정의 극장을 틀어서 아빠를 도우면 어떨까? 니나와의 즐거웠던 추억을 되살리면 아빠의 기분이 나아질지도 몰라."

하지만 내 이야기를 들은 아이는 주황빛 눈썹을 축 늘어뜨리며 곤란하다는 표정을 지었다.

"미안하지만 난 네 기억 속에 있는 우정만 보여 줄 수 있어. 우정의 극장에는 네가 경험한 추억만 틀 수 있다는 뜻이지. 아빠의 우정에 대해서는 내가 아는 게 없어서 말이야."

그 말을 남기고 우정의 꼬리는 자취를 감췄다. 그렇다면 방향의 꼬리에게 도움을 요청해 보는 건 어떨까? 늘 올바른 방향으로 나를 이끌어 주던 푸른 꼬리라면 나를 도울 수 있을 것 같았다. 이번에도 정신을 집중하자 곧 푸른 머리칼을 가진 아이가 차분한 미소를 지으며 내 앞에 서 있었다.

"너는 날 도와줄 수 있지? 아빠를 조금 더 밝은 방향으로 이끌어 주면 어때?"

그렇지만 이번에도 내 이야기를 들은 아이는 안타깝다는 듯 고개를 저을 뿐이었다.

"어쩌지? 난 네 마음의 방향만 이끌 수 있어."

그 말을 남기고 방향의 꼬리도 다시 등 뒤로 자취를

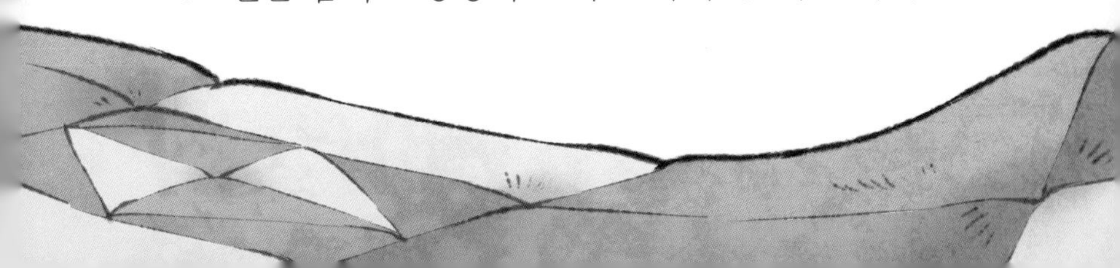

감췄다. 결국 꼬리의 도움을 받아 아빠의 문제를 해결하는 건 불가능하다는 뜻이었다. 심술이 나는 동시에 마음 한구석이 침울해졌다. 다섯 개나 되는 꼬리들 중에서 나를 도울 수 있는 꼬리가 하나도 없다니……. 나타날 때마다 늘 나를 당황하게 하면서, 정작 급할 때는 아무런 도움도 주지 못하는 꼬리들이 야속했다. 내 속은 답답하기만 한데, 아무 일 없다는 듯 잠자코 숨어 있는 다섯 개의 꼬리가 얄밉기만 했다.

다음 날 아침 눈을 떴을 때, 기온은 전날보다 뚝 떨어져 있었다. 나는 두꺼운 코트를 입고 이파리 하나 남지 않은 나무들 사이로 난 길을 따라 걸었다. 학교에 도착한 뒤에도 찬 공기가 교실 벽 틈으로 스며들어 오스스한 느낌이 들었다. 갑자기 차가워진 날씨에 아이들도 어딘가 축 처져 있었다. 유일하게 밝은 표정을 짓고 있는 사람은 미스터 헬로뿐이었다.

"오늘은 중요한 공지사항이 있어요오."

미스트 헬로가 기운찬 목소리로 말했다.

"알고 있겠지만 해마다 우리 미래초등학교에서는 바자회 행사가 열립니다. 11월 마지막 주에 학생들이 자발적으로 낸 물건들을 가지고 치르는, 역사와 전통이 아주 깊은 바자회지요오. 이 행사를 통해 여러분은 서로 나누고 바꿔 쓰는 기쁨을 체감하게 될 겁니다. 바자회 물품은 이번 주까지 내 주세요오. 여러분이 낸 물건의 숫자만큼 티켓이 주어집니다아. 물품을 한 개 내면 티켓도 한 장, 물품 두 개를 내면 티켓도 두 장을 받게 되는 것이죠오. 그 티켓으로 다른 사람의 물건을 살 수 있답니다. 물품은 하나만 가져와도 되니 너무 부담 갖지는 마세요오. 아 참, 어떤 것을 가져

올지 너무 고민할 필요도 없습니다아. 본인한테는 쓸모없지만 다른 누군가에게는 필요할지도 모를 물건으로 준비하면 되니까요오. 찾아보면 그런 물건은 아주 많을 거예요오!"

미스터 헬로와 달리 아이들은 심드렁한 표정이었다. 나도 해마다 때 되면 열리는 바자회가 새삼 그렇게 새롭지는 않았다. 아이들의 얼굴을 살피던 미스터 헬로는 눈썹을 한번 위로 올렸다.

"여러분이 좋아할 만한 소식을 깜박했군요오. 이번 바자회는 오로지 여러분들끼리만 진행하게 됩니다아!"

아이들 모두 눈이 동그래졌다.

"요즘 무인 가게들이 많아지고 있죠오? 손님을 믿고 물건을 내놓는 주인처럼, 물건을 사고파는 데에는 서로간의 믿음, 즉 신용이 중요합니다. 그래서 이번 바자회는 특별히 무인 바자회 콘셉트로 진행하기로 했습니다아. 강당에서 열리게 될 바자회에 선생님들은 처음부터 끝까지 일절 참여하지 않기로 했어요. 오로지 학생 여러분의 축제로 만들어 주고 싶었기 때문이죠오! 선생님들은 여러분이 낸 물건들을 가지고 바자회를 열심히 준비하겠지만, 바자회가 시작된 뒤에 여러분은 행사가 끝날 때까지 선생님들을 볼 수 없을 거예요오. 여러분이 스스로 질서와 규칙을 지킬 수 있는지 함께 경험해 보는, 의미 있는 축제가 될 겁니다아!"

미스터 헬로가 활짝 웃으며 마무리했다.

쉬는 시간에 교실은 바자회 얘기로 왁자지껄했다.

"선생님들의 지시나 통제 없이 오로지 우리끼리 여는 바자회라니, 왠지 정신없을 것 같지 않니?"

윤나의 목소리였다.

"왜? 우리만의 장터, 꽤 신날 것 같은데."

시호가 침착하게 말했다. 대부분의 아이들도 바자회 행사 자체보다는 오히려 그 사실에 더 흥미를 느끼는 것 같았다.

"장터에 어떤 물건이 나올지 너무 궁금해. 이 실내화도 작년 바자회에서 구한 건데 지금까지 잘 신고 있어. 작년에 한 사이즈 큰 걸 미리 사 뒀거든!"

선유가 신고 있던 토끼 실내화를 보이며 말했다.

"안 쓰는 물건이 너무 많은데 그중 하나를 고르는 게 더 힘들 것 같아. 뭘 내야 하지?"

민재가 중얼거렸다. 그러나 떠들썩한 아이들과 달리 나는 아무 말도 하지 않고 창밖만 바라봤다. 우리만의 바자회 같은 일로 신나 하기엔 너무 가라앉은 기분이었다. 등 너머로 까끌까끌한 목소리가 들려온 건 그때였다.

"바자회라니, 재미있겠다. 안 그래, 단미야?"

뒤를 돌아보니 래아가 한쪽으로 고개를 기울인 채 나를 바라보고 있었다.

"글쎄. 난 바자회 행사가 처음은 아니라서. 해마다 했던 행사라 특별히 새로울 건 없는데."

나는 래아의 눈길을 피하며 대답했다. 왠지 모르게 지난 연극 공연 이후로 래아와 별로 얘기를 나누고 싶지 않았다. 하지만 래아는 계속 싱글대며 내 주변을 알짱거렸다.

"그렇구나. 난 전학 와서 이런 행사는 처음이거든. 그래서 무척 기대가 돼. 특히 손단미 네가 바자회에 어떤 물건을 낼지 말이야."

래아가 묘한 표정을 지었다.

"아직 생각 안 해 봤는데."

아무렇지 않은 척 대답했지만 내 목소리는 아까보다 작아져 있었다.

"잘 생각해 봐. 분명 이번 바자회에 내놓을 만한 물

건이 하나 있을 테니까."

래아가 싱긋 웃었다. 왠지 몸에 소름이 돋게 하는 웃음이었다. 때마침 울린 수업 종이 반가울 따름이었다.

학교가 끝나고 집에 가는 길에 공기는 한결 더 차가워져 있었다. 휘이잉 싸늘한 바람이 거리를 훑더니 후두둑, 빗방울이 하나둘 떨어지기 시작했다. 문득 아빠의 우울한 얼굴이 떠올랐다. 오늘도 아빠는 무거운 표정을 짓고 있을까?

갑자기 아빠를 보면 해 주고 싶은 말이 떠올랐다. 꼬리들의 도움이 없어도 나 혼자 솔직하고 담백하게, 아빠에게 힘내라는 말을 하고 싶었다. 니나는 이제 아빠 곁에 없지만 아빠의 딸 단미가 니나의 몫까지 더 아빠를 기쁘게 해 줄 거라고. 그런 말을 들려주면 아빠도 기빼하고 다시 힘을 내지 않을까? 그렇게 생각하면서 고개를 든 순간, 놀랍게도 신호등 건너편에 서 있는 아빠가 보였다! 가끔 일이 빨리 끝나면 아빠는 학교 앞으로 나를 데리러 온다. 오늘 비가 올 걸 알고 나를 데리러 온 게 분명했다.

"아빠!"

반가운 마음에 나는 크게 아빠를 불렀다. 하지만 내 목소리는 빗소리에 묻혀 아빠에게 들리지 않은 것 같았다. 나를 알아채지 못한 아빠는 어두운 얼굴로 땅만 보고 천천히 걸었다. 신호가 바뀌자마자 온 힘을 다해 달려갔지만 이미 아빠는 모퉁이를 돌고 난 후였다.

나는 제자리에 멈춰 섰다. 방금 본 아빠가 낯설기만 했다. 우리 학교가 코앞인데, 아빠의 얼굴에서 나를 궁금해하는 표정은 전혀 발견할 수 없었다. 하교하는 아이들을 보면서도 아빠는 나를 전혀 떠올리지 못했다. 이렇게 비가 내리는데도 말이다.

빗방울이 점차 거세지더니 장대비가 되어 쏟아지기 시작했다. 나는 우산도 없이 빗속에 멍하니 서 있었다. 아빠에게 도움도 되지 않는 쓸모없는 딸이 된 것 같았다. 그렇게 생각하자 나 자신이 너무 초라하게 느껴졌다. 거세지는 장대비처럼 내 마음에도 빗금이 그어지고 있었다.

바로 그때, 등에서 무언가가 연기처럼 스르륵 빠져나왔다. 갑자기 다리에 힘이 풀려 옆에 있는 나무에 쓰러지듯 기댔다. 방금 내 등에서 나온 게 여섯 번째 꼬리라는 사실을 눈 감고도 알 수 있었지만, 왠지 이번만큼은 꼬리를 쫓아갈 힘도 나지 않았다.

2. 여섯 번째 꼬리

“안녕…….”

들릴락 말락 한 작은 목소리로 누군가가 중얼거렸다. 나무 뒤에서 짙은 그림자가 스윽 얼굴을 내밀었다. 허리까지 길게 내려뜨린 칠흑 같은 머리에 세상의 근심을 모두 머금은 것처럼 수심에 잠긴 얼굴의 아이, 바로 여섯 번째 꼬리였다!

“안녕. 별로 안녕하지 못하지만.”

내가 대답했다. 다행히 근처에는 아무도 없었다. 멀

리서 지나가는 사람들도 다들 우산을 쓰고 있어서 나와 아이를 보지 못했다. 항상 꼬리를 쫓아다니기만 하다가 이렇게 태연하게 인사를 나누고 있다는 게 이상하게 느껴졌다.

"이렇게 조용한 만남은 처음이야. 처음 만날 때면 늘 종횡무진하는 꼬리들을 쫓아다니기에 바빴거든."

내가 말했다.

"걱정 마. 난 도망갈 힘도 없어."

아이가 축 늘어진 목소리로 대답했다.

"넌 무슨 꼬리인데?"

"모르겠어, 나도. 내 이름이 뭔지는."

아이가 머뭇거리더니 덧붙였다.

"사실 별로 알아내려고 애써 본 적도 없는 것 같아. 왜인진 모르겠지만, 알아 봤자 별로 기분이 좋지 않을 것 같아서."

내가 보기에도 이 아이에게 대단한 힘이 있을 거라

는 생각은 들지 않았다. 아이는 기운이 없고 침울해 보였으며 행동이 민첩할 거라는 생각도 들지 않았다. 별 느낌도 없이 등을 빠져나오자마자 나무 뒤에 몸을 감춘 것만 봐도 알 수 있었다. 아이와 대화를 이어 가려면 뭐라도 말을 걸어야 할 것 같았다.

"그러고 보니 널 벌써 한번 만난 적이 있는 것 같아. 붉은 꼬리를 만났을 때, 아니, 그러니까 정확히 말하자면 붉은 꼬리가 사라져 버렸으면 좋겠다고 생각했을 때. 그때 아무것도 하고 싶지 않은 마음이 들었거든. 나를 그렇게 만든 게 너 아니었을까?"

"그건 아닐걸. 그때 네가 겪은 마음은 붉은 꼬리가 완전히 사라질 때 나타나는 일종의 의욕 저하 현상이었을 거야. 나는 다른 이름을 가지고 있다는 생각이 들어. 네가 그 이름을 찾아 줄 생각이 있는지는 모르겠지만……."

아이가 조그맣게 중얼거렸다. 확실히 호감이 가는

아이는 아니었다. 나보다 더 의욕 없고, 우울하고, 굳이 비유하자면 검은 늪을 닮은 아이였다. 아이와 함께 있으니 그렇지 않아도 울적했던 마음이 더더욱 가라앉는 것 같았다. 아이가 슬쩍 내 눈치를 살폈다.

"내가 별로 맘에 안 들지? 말하지 않아도 느껴져."

"아, 아니. 그런 건 아니고……."

나는 손사래를 쳤다. 아무리 이해할 수 없는 모습이더라도 내 꼬리들은 모두 소중하다는 사실을 여러 차례의 경험을 통해 터득했기 때문이다. 그렇지만 아이에게 한 말과는 다르게 왠지 꺼림직한 마음이 드는 건 사실이었다.

"그냥 지금 좀 지쳐서 그래."

나는 그렇게 말을 맺었다.

"걱정 마. 난 널 그렇게 괴롭히는 존재는 아닐 거야. 내가 가진 능력은 별 게 없거든. 별거 없기 때문에 널 곤란하게 할 수는 있겠지만."

"무슨 뜻이야?"

내가 되물었다.

"난 너에게 어떤 힘을 더해 주기보다는 네가 가진 힘을 오히려 약하게 하거나 사라지게 만드는 능력이 있어. 너를 앞으로 나아가게 하는 게 아니라 멈추게 할 수 있지."

"그런 능력이 어떤 상황에 도움이 되지?"

내가 중얼거렸다. 아이는 한숨을 내쉬며 고개를 숙였다.

"내 생각도 너랑 비슷해. 난 너에게 별로 도움이 되는 꼬리는 아닌 것 같아."

"그거 말고 다른 능력은 없어? 좀 더, 쓸모 있는 거 말이야."

내가 말했다.

"쓸모라……."

아이가 잠깐 고민하더니 덧붙였다.

"이것도 능력일지는 모르겠지만, 난 네 안에 있는 여러 가지 생각들을 증폭시킬 수 있지."

"여러 가지 생각? 예를 들면 어떤?"

"예를 들면……."

아이가 한숨을 쉬었다.

"내가 지금 너한테 전혀 도움이 되지 못하고 있다는 생각 같은 거?"

나는 아이를 따라 똑같이 한숨을 내쉬었다. 의기소침하고 부정적이고 어둡기만 한 이 아이를 마주 보고 있는 것만으로도 기운이 빠졌다.

"일단 다음에 만나자. 아니, 되도록 마주치지 않는 편이 좋겠어. 네가 없이도 난 충분히 괴롭거든. 어쩌면, 그조차 너 때문인 건가?"

별생각 없이 뱉어 버린 말에 아이는 쓸쓸한 표정을 지었다. 그러곤 휙 나무 뒤로 숨는가 싶더니 연기처럼 사라졌다. 나올 때와 마찬가지로 그 어떤 느낌도 흔적도 없었다.

그러나 여섯 번째 꼬리를 만나고 난 뒤 달라진 점이 하나 있었다. 그 후로 나는 점점 더 말수를 잃어 갔다. 아무런 말도 하고 싶지 않았고 친구들과 노는 것도 즐겁지 않았다. 모든 게 허무하고 의미 없게 느껴지기만 했다. 여섯 번째 꼬리가 쏟아 놓은 먹물에 내 마음이 온통 까맣게 물들어 버린 것 같았다. 거울을 보자 언제 웃었는지 기억조차 나지 않는 우울한 얼굴이 나를 퀭한 눈으로 바라보고 있었다.

아이에게 말하지는 않았지만 나는 아이의 이름을 알 것 같았다. 우울의 꼬리. 아마도 그것이 여섯 번째 꼬리의 이름임이 분명했다.

3. 여우라는 게 싫어!

바자회 말고도 학교에는 다 같이 해야 할 과제가 있었다. 모둠별로 정한 한 가지 주제에 대해 조사하고 발표하는 수행 평가였다. 미스터 헬로의 설명은 간단했다.

"역사적 사건이나 좋아하는 영화, 흥미로운 인물 등 주제는 뭐든 상관없습니다. 다만 여러분이 고른 주제에 대해, 나머지 학생들이 최대한 다양한 정보를 얻을 수 있도록 자알 준비해 주세요오!"

이번 수행 평가는 원하는 친구와 함께 모둠을 짜도

된다고 해서 나는 민재, 윤나, 시호와 한 모둠이 되기로 했다. 그러나 어디에나 불청객은 존재하는 법이다.

"저기……. 나도 너희 모둠에 껴도 될까?"

아이들과 모여 앉았을 때 누군가가 말했다. 등 뒤에서 들려온 까끌거리는 목소리의 주인공은 도래아였다.

"다들 알겠지만 내가 전학을 와서 아직도 친구가 별로 없거든. 너희랑 같이 해도 되겠지? 설마 너희가, 전학 와서 적응이 어려운 친구와 어울리기 싫어하는 이기적인 아이들일 리는 없잖아."

래아가 실실 웃었다. 아이들은 래아를 그다지 반기는 눈치는 아니었지만 우물쭈물하면서도 고개를 끄덕였다. 여기서 래아의 청을 거절하면 나쁜 사람이 될 것 같았다.

"그래, 도레미. 너도 역할이 있겠지."

윤나의 새침한 말에 래아가 한 발짝 앞으로 성큼 나섰다.

"도래아거든!"

"자, 어쨌든 한 조가 됐으니까 주제부터 정하자. 단미, 넌 어때? 뭐 끌리는 거 생각 안 나?"

민재가 말을 돌리며 내게 친절하게 물었다. 하지만 지금 주제 같은 게 중요한 게 아니었다. 래아와 한 조라니, 목에 가시가 걸린 것만 같았다. 무슨 꿍꿍이를 가지고 내가 있는 모둠에 온 게 아닐까?

"난 특별히 끌리는 주제가 없어. 그냥 너희가 정한 주제에 맞출게."

나는 작게 웅얼거렸다. 아닌 게 아니라 요즘의 내 상태는 무엇을 어떻게 하든 상관없었다. 그저 모든 게 의미 없을 뿐이라는 생각만이 나를 지배하고 있었다.

"재미있는 주제를 골라 보자. 뭔가 아이들의 흥미를 끌면서도 깊이 있게 조사할 만한 게 없을까?"

"아이돌?"

민재의 말에 윤나가 눈을 빛냈지만 시호는 어깨를

으쓱 올렸다.

“너무 개인적인 취향인 것 같은데. 다른 것도 생각해 보자.”

“동물에 대한 발표는 어떨까?”

래아가 의견을 냈다.

“나쁘지 않네. 동물은 누구나 좋아하는 주제인데다, 깊이 있게 알아볼 만한 요소도 많으니까.”

민재가 동의하면서 바로 덧붙였다.

“그럼 도도새 어때?”

“고민재. 이제 도도새 타령 좀 그만할 수 없어? 조금 더 일반적이고 대중적인 동물로 하자. 예를 들면 날 닮은 고양이 같은 거.”

윤나가 말하자 지안이가 턱을 쓰다듬었다.

“고양이는 너무 흔하지 않아? 새로운 정보를 조사할 만한 주제로는 적당하지 않을 것 같은데. 적당히 친숙하고, 그러면서도 흥미로운 점이 많은 동물은 없을까?”

그때 기다렸다는 듯 입을 연 건 래아였다.

"여우! 여우로 하자!"

가슴이 쿵 내려앉는 기분이었다. 하지만 내가 뭐라고 답할 사이도 없이 윤나와 민재, 시호는 다들 좋은 생각이라며 래아의 의견에 동의했다.

"여우 괜찮네!"

"그래, 여우 좋다."

"여우라면 적당한 주제 같은걸?"

"다, 다른 동물은 없을까? 좀 더 생각해 보자……."

나는 더듬거리며 말했다.

"여우는 왠지 뭐랄까, 가까우면서도 너무 멀게 느껴져서……."

"바로 그거야. 가까우면서도 멀게 느껴지는 동물! 그러니까 여우에 대해 이번 기회에 조사하자는 거지. 여우라는 동물은 이야기나 동화 속에서 자주 접해서 친숙한데, 막상 여우의 습성이나 생태를 자세히 아는 사람은 별로 없잖아. 이번 발표가 여우에 대한 정보를 알리는 데 좋은 기회가 될 거야."

래아가 한달음에 결론을 내는 바람에 더 이상 할 말이 떠오르지 않았다. 아이들이 각자 준비해 올 자료와 발표에 대해 의견을 나누는 동안 나는 입을 꾹 닫고 있었다. 마음이 몹시 불편했다. 수많은 동물 중에서 하필 여우라니……. 내 안에 구미호의 피가 흐르고 있다는 사실을 감추고, 아무렇지 않게 여우의 생태와 습성에 대해 발표를 하라고?

갑자기 우리 동네 치킨집 간판이 떠올랐다. 요리사 모자를 쓴 닭이 접시에 담긴 치킨을 든 채 미소 짓고 있는 그림이 그려진 간판이었다. 그 간판 속의 닭, 아니 접시 위의 치킨이 된 기분이었다!

"전체 진행은 시호가 맡아 주면 좋겠다. PPT를 띄우고 한 명씩 발표자가 바뀔 때마다 순서를 소개해 주는 사회자가 되는 거지."

민재의 제안에 시호는 고개를 끄덕였다.

"알았어. 민재 넌 뭘 할 건데?"

"난 여우의 습성을 조사할게. 일단 내가 여우에 대해서 아는 건, 여우가 육식 동물이라서 토끼처럼 자기보다 작은 포유류를 잡아먹는다는 사실인데……."

민재의 말에 나도 모르게 참견했다.

"꼭 그렇진 않아. 여우는 잡식성이라 가리지 않고 다 먹어. 우리처럼 생쥐 젤리를 먹을 수도 있고."

"젤리? 여우가 생쥐 젤리를 먹는다고?"

윤나가 눈을 동그랗게 떴다.

"그, 그게……. 어디선가 들은 것 같아."

"그래? 아무튼 나는 이야기 속의 여우에 대해 조사해 올게. 동화나 이야기 속에 여우가 많이 나오잖아. 아이들도 재미있어 할 것 같아."

다행히 별다른 이상함을 눈치채지 못한 윤나가 말했다.

"좋아. 래아랑 단미는? 여우에 대해 알아볼 만한 뭔가 더 특별한 게 없을까?"

민재가 물었다.

"구미호!"

래아가 그렇게 말하는 순간, 가느다란 꼬챙이로 목 뒤를 긁은 것처럼 온몸에 소름이 돋았다.

"구미호에 대해서 찾아보는 거야. 어때? 재미있을 것 같지 않아?"

"음, 글쎄……. 별로 좋은 생각이 아닌 것 같아. 구미호는 사, 상상의 동물이고, 우린 여, 여우에 대해서 발표하는 거잖아."

"상상의 동물. 과연 그럴까?"

래아가 기묘한 눈빛으로 나를 바라보며 고개를 한쪽으로 기울였다. 그때부터 곤란한 대화에 아이들도 하나씩 말을 더하기 시작했다.

"그러고 보니 손단미, 너 작년 핼러윈 때도 구미호

복장 하지 않았어?"

"맞아. 그때 단미, 네 꼬리들 정말 인상적이었어. 가짜 털이 아니라 진짜 여우의 꼬리 같았거든! 그때 꼬리가 세 개나 되지 않았었나?"

아무렇지 않게 묻는 윤나와 내 속도 모르는 민재가 원망스러웠다.

“정말? 손단미가 구미호 옷을 입었다고? 작년에 벌써 세 개였단 말이지? 내가 그 자리에 없었던 게 아쉽군.”

래아가 재미있다는 듯 눈썹을 움찔거렸다. 그러더니 갑자기 손가락을 뻗어 내 목에 걸린 구슬을 가리켰다.

“손단미 너, 그때도 그 목걸이 하고 있었니?”

"아, 아니……."

말려들지 않으려고 했지만 대답하고 말았다. 거짓말은 아니었다. 작년 핼러윈 때 내게는 아직 여우 구슬이 없었으니까. 그런데도 말을 더듬고 있다는 사실이 상쾌하지는 않았다. 래아가 태연하게 말을 이었다.

"구미호에 대해 조사하면 정말 재미있겠는걸? 그건 그렇고, 너희들 알고 있어? 구미호에게 가장 중요한 게 바로 여우 구슬이라는 거. 여우 구슬이 없으면 구미호는 아무런 힘도 없는 존재가 되지."

"그래?"

민재가 흥미롭다는 듯 안경을 고쳐 썼다. 래아는 고개를 끄덕이더니 다시 나를 바라봤다.

"네 목걸이랑 비슷하게 생긴 것 같은데 한번 보여 줄래?"

나는 반사적으로 여우 구슬을 꽉 움켜쥐었다. 애타게 벽시계를 바라봤지만 아직도 시간은 너무 많이 남아 있었다. 나는 겨우 호흡을 가다듬었다.

“과제랑 상관없는 얘긴 하지 말자, 도래아.”

“후후후……. 알았어. 아무튼 구미호에 대해서는 나랑 손단미가 조사해 오는 게 좋겠다. 구미호가 좋아서 핼러윈에도 구미호 복장을 했을 테니까.”

“아니야. 구미호에 대한 조사를 할 거면 네가 해. 두 명이 같은 주제를 발표할 수는 없으니까, 난 그냥 마무리 발언을 할게. 괜찮지?”

나는 간신히 그렇게 말했다. 그 뒤로 시간이 어떻게 흘렀는지 모르겠다. 영원히 들리지 않을 것 같던 종소리가 울렸을 때 내 손 안엔 땀이 흥건하게 괴어 있었다.

그날 저녁, 나는 엄마와 단둘이 밥을 먹었다. 접시를 가득 채운 음식이 다 사라질 때까지도 아빠는 집에 돌

아오지 않았다. 나는 밤늦게까지 아빠를 기다리다 거실로 나와 엄마에게 물었다.

"아빠는 언제 와? 많이 늦는대?"

엄마가 고개를 끄덕였다.

"오늘은 기다리지 말고 먼저 자는 게 좋겠다. 아무래도 아빠가 니나 때문에 상심이 큰가 봐. 마음을 정리할 시간이 필요한 것 같아."

아빠에게는 도움도 되지 못하는 딸인데다, 학교에서는 여우라는 존재에 대해 발표를 해야 하다니. 여러모로 의기소침하고 짓눌린 기분이 들었다. 항상 내 기분을 먼저 알아채던 엄마의 레이더도 오늘만큼은 작동되지 않은 것 같았다. 엄마는 내 얼굴을 보지도 않고 식탁만 정리할 뿐이었다.

나는 목에 걸린 여우 구슬을 조심스럽게 만지작거렸다. 한번 여우 구슬을 지니게 된 이상, 절대로 구슬을 몸에서 떼어내면 안 된다고 엄마가 강조했던 게 떠올랐다. 하지만 솔직히 말해서 내 손에 만져지는 건 평범하기 짝이 없는 구슬일 뿐이었다. 그런데 모둠 발표를 할 때 래아가 또 이 구슬에 대해 언급하면, 그땐 어쩌지?

"엄마."

나는 가만히 엄마를 불렀다.

"이 구슬, 그러니까 여우 구슬 말이야. 정말로 빼면 안 되는 거야?"

"응. 왜?"

"그냥. 가끔 좀 답답해서……. 목에서 걸리적거려."

내가 대충 둘러댔다.

"그렇게 생각할 수도 있지. 그렇지만 여러 번 말했듯이, 여우 구슬은 구미호에게서 떨어져서는 안 되는 물건이야. 항상 몸에 지녀야 해. 네 몸의 일부인 것처럼."

엄마가 말했다. 나는 조용히 방으로 들어갔다. 엄마는 내 말이 그냥 귀여운 투정처럼 들리는 모양이었다.

하지만 내가 답답하다고 한 말은 단지 몸만 답답하다는 뜻이 아니었다. 항상 내 정체를 감추어야 한다는 사실이 너무나 싫었다. 구미호여서 즐겁고 신나는 일은 하나도 없었다. 오히려 내가 느끼는 걱정과 불행은 모두 내가 구미호라는 사실에서 출발했다.

모둠 발표날이 다가올수록 그 생각은 점점 짙어졌다. 목에 걸린 여우 구슬이 나를 옥죄는 것 같은 기분이 들기 시작했다. 내가 구미호라는 걸 알게 된 친구들이 나를 손가락질하며 수군대는 꿈을 꾸다가 식은땀을 흘리며 벌떡 깨기도 했다.

구미호의 피가 흐른다는 사실을 감출 수만 있다면, 내가 구미호라는 정체를 벗을 수만 있다면 어떤 일이든 할 수 있을 것 같았다.

그런 생각을 품고 있는 사이에 어느덧 모둠 발표날이 다가왔다.

4. 모둠 발표

4교시에 있을 모둠 발표 시간이 다가올수록 내 심장은 점점 조여들고 있었다. 시간이 멈췄으면 좋겠다고 생각했다. 아니면 갑자기 선생님이 편찮으셔서 수업을 못 하게 되거나, 학교에 불이 나서 모두 집으로 대피해야 하는 상상도 해 봤다. 당연히 그런 일은 일어나지 않았고, 어느새 4교시 수업을 알리는 종이 울렸다.

"자, 오늘은 주제 발표가 있는 날이죠오. 여러분이 어떤 조사를 해 왔는지 벌써부터 기대됩니다아. 그럼 첫 번째 모둠부터 시작해 볼까요오?"

내 속도 모르는 미스터 헬로가 어느 때보다도 밝게 말했다. 곧이어 모둠 발표가 시작됐다. 다른 모둠 아이들이 좋아하는 영화나 흥미로운 인물에 대해 발표를 하는 동안 내 맥박은 점점 더 빨리 뛰었고 목덜미 뒤로 식은땀이 흘러내렸다.

"다음은 한시호, 고민재, 배윤나, 도래아 그리고 손단미가 속한 모둠이죠오. 모두 앞으로 나와 주세요오."

갑자기 들려온 미스터 헬로의 말이 사형 선고처럼 무겁게 느껴졌다. 그토록 피하고 싶던 시간이 와 버린 거다. 나는 떨리는 가슴을 안고 아이들과 함께 앞으로 나갔다. 시호가 PPT 화면을 켜고 여우의 사진을 띄웠다. 나는 크게 심호흡을 했다. 이왕 이렇게 됐다면, 아무렇지 않게 발표를 마치는 게 내가 선택할 수 있는 가장 좋은 방법 같았다. 최대한 자연스럽게, 다른 아이들처럼 평범하게 발표하면 아무도 눈치채지 못할 거다!

나는 마음을 굳게 먹었다.

민재가 여우의 습성에 대해 이야기할 때까지만 해도 태연함을 유지할 수 있었다. 여우라는 동물의 특징과 생태를 소개하는 일반적인 발표였으니까. 그러나 윤나의 차례가 되면서부터 불안감이 밀려들기 시작했다.

"저는 조금 더 흥미로운 주제를 조사했습니다. 바로 이야기 속 여우인데요, 이솝 우화나 동화에 등장하는 여우에 대해 살펴보겠습니다. 여러분도 아시겠지만, 우리가 이야기 속에서 흔히 접하는 여우는 약삭빠르고 남의 물건을 탐내는 동물입니다. 정작 힘은 없으면서도 잔꾀만 부리다 골탕을 먹는, 어리석음의 대명사죠."

윤나가 PPT 화면 위로 뜬 동화책 속 여우들의 그림을 소개하며 말했다. 달아나는 생강빵 소년을 잡아먹는 여우, 납작한 접시에 음식을 대접해 두루미를 골탕 먹이는 여우, 신포도를 바라보며 투덜대는 여우 등등……. 내가 보기에도 이야기 속에서 여우는 나쁜 존재로만 그려지고 있었다.

윤나가 발표를 이어가는 동안 누군가가 나를 대놓고 흉보기라도 하는 것처럼 얼굴이 화끈거렸다. 하지만 이어진 래아의 발표에 비하면 윤나의 발표는 아무것도 아니었다.

"저는 구미호에 대해 조사했습니다."

래아가 커다란 목소리로 말하자마자 화면 위로 사악하게 생긴 구미호의 사진이 크게 떠올랐다. 한복을 입고 머리를 풀어헤친 채 쥐를 물고 입가에 시뻘건 피를 흘리고 있는 구미호였다. 반 아이들이 깜짝 놀라 웅성거렸다.

"구. 미. 호! 아홉 개의 꼬리를 가진 사악한 요물……."

래아가 한 글자 한 글자를 낮게 강조하며 말했다.

"여러분 중 구미호에 대해 들어보지 못한 사람은 없을 겁니다. 구미호란 말 그대로 아홉 개의 꼬리를 가진 여우죠. 구미호는 거짓으로 사람들을 속이고 몹쓸 신

통력으로 착한 사람을 홀리죠. 그것도 모자라……"

래아가 구미호에 대한 발표를 이어가는 동안 내 심장은 쪼그라드는 것 같았다. 행여나 꼬리들이 튀어나올까 봐 얼굴이 샛노래졌다. 래아는 어느 때보다도 당당하게 말을 계속했다.

"그렇지만 구미호가 항상 여우의 모습인 것은 아닙니다. 구미호의 몸속에는 여우의 피가 흐르지만, 구미호는 늘 사람이 되고 싶어서 평상시엔 사람으로 둔갑을 하고 있습니다. 즉, 우리 중에서도 누군가는 구미호일 수 있다는 뜻이죠!"

래아가 고개를 홱 돌려 나를 노골적으로 바라봤다. 나는 아무렇지 않은 척 시선을 피했지만 사시나무 떨 듯 손이 덜덜 떨렸다.

"흠……. 흥미롭군요. 만약 우리 중에 구미호가 있다면 그 사실을 어떻게 알 수 있을까요오?"

미스터 헬로가 재미있다는 듯 물었다. 래아는 기다

린 것처럼 답했다.

"진짜 구미호라면 반드시 지니고 있는 물건이 하나 있습니다. 그건 바로, 여우 구슬입니다."

래아의 목소리에 웃음기가 실렸다.

"보통 때에는 연한 초록빛을 띤 평범한 구슬이지만 그 안에는 엄청난 힘이 간직돼 있다고 합니다. 아, 여기 손단미의 목걸이랑 비슷하게 생긴 구슬이에요."

아이들의 시선이 모두 나에게 향했다.

"그럼 이어서 손단미가 구미호, 아니 여우에 대한 주제 발표를 마무리하겠습니다."

그렇게 말한 래아가 쏙 빠졌다. 순식간에 나는 아이들 앞에 서게 됐다. 머릿속이 빙빙 돌고 당장이라도 토할 것처럼 속이 메스꺼웠다. 구슬에서 작게 빛이 뿜어져 나오기 시작했다. 내 안에 있는 꼬리들이 한꺼번에 전부 튀어나올 것처럼 등 뒤가 따가웠다. 나는 빛이 새어 나가는 걸 막기 위해 구슬을 꽉 쥐었다. 그리고 아무렇지 않은 척 발표를 시작했다.

“치, 친구들이 모두 잘 발표해서 저는 마무리 발언만 해야겠네요. 이상과 같이 저희 모둠은 여…… 여우라는 동물에 대해서 알아봤습니다. 앞서 살펴봤듯 여, 여우는 다양한 특징을 가진 동물입니다. 하지만 한 가지 확실한 건 여…… 여, 여우도 우리와 그렇게 다르지는 않다는 것입니다. 나쁜 면도 있고 부족한 면도 많겠지만 분명 장점도 많은 동물일 겁니다. 우리 모두와 비슷하게…… 말입니다…….”

발표가 어떻게 끝났는지는 잘 기억나지 않는다. 유심히 나를 바라보던 시호, 의아한 표정의 민재, 새침하게 입을 삐죽거리던 윤나, 그리고 웃음기 어린 래아의 표정이 어렴풋이 떠오를 뿐이었다.

점심시간을 알리는 종이 울리자 아이들은 모두 여우 같은 건 잊어버렸다는 듯 몸을 일으키기 시작했다. 미스터 헬로가 나가려다 말고 공지 사항을 얘기했다.

“아 참, 바자회 물품 제출은 오늘까지입니다. 점심시간이 끝나기 전까지 복도에 놓인 바자회 물품 수거함에 여러분이 가져온 물건을 넣고 티켓을 받아 가세요. 물품을 내지 않은 학생도 바자회에 참여해 구경할 수는 있지만, 티켓이 없으므로 물건을 살 기회는 없어집니다.”

아차, 그러고 보니 오늘이 바자회 물품을 걷는 마지막 날인데, 모둠 발표에 온 신경이 다 쏠려 아무것도 준비하지 못했다는 사실이 떠올랐다.

점심을 먹고 돌아오는 길에 나는 복도에 놓인 커다란 물품 수거함 앞에 섰다. 투명한 수거함 안에는 아이들이 내놓은 헌 옷이나 가방, 안 쓰는 장난감이나 신발, 책 혹은 여기저기서 산 기념품이 가득했다. 그렇지만 내가 지금 가지고 있는 것 중에서 당장 낼 만한 물건은 아무것도 떠오르지 않았다.

"왜 그러고 서 있어?"

복도에서 마주친 루미가 물었다.

"바자회 물품 말야. 난 낼 게 없어서……. 그냥 내지 말까 봐."

"그럼 티켓을 못 받잖아. 티켓이 없으면 다른 사람의 물건도 살 수 없다고 하던데? 그러면 재미없잖아."

루미가 말했다. 그때 지나가던 래아가 발길을 멈췄다.

"뭘 그렇게 어렵게 생각해, 손단미? 선생님이 말씀하셨잖아. 나한테 쓸모없다고 생각되는 걸 내면 된다고. 어쩌면 누군가는 그걸 아주 유용하게 쓸 수도 있으니까."

"모둠 발표는 끝난 거 아니야? 이제 네 잔소리는 그만 듣고 싶은데."

나는 날카롭게 응수했다. 사정을 모르는 루미가 나

와 래아를 번갈아 쳐다봤다.

"너한테 도움이 될까 해서 알려 준 것뿐인데 잔소리라니, 섭섭한걸? 그런데 나 궁금한 게 하나 있어. 아까 발표할 때 말이야. 여우 구슬 얘기 나왔을 때 왜 목걸이를 잡은 거야? 마치 네 목에 걸린 게 여우 구슬이라도 되는 것처럼."

래아가 말했다.

"무, 무슨 소리야……?"

"여우 구슬? 그게 뭔데?"

루미가 눈을 동그랗게 뜨며 묻더니 내 목을 유심히 살폈다.

"그러고 보니 단미야, 그거 무슨 목걸이야? 언젠가부터 하고 있더라."

루미가 물었다. 나는 구슬을 꼭 쥐었다. 단짝 루미에게도 말할 수 없는 비밀을 감추고 있다는 게 싫기만 했다. 어떻게든 이 시간을 모면하고 싶은 마음뿐이었다.

구슬에서 다시 빛이 나기 시작했다. 등 안쪽도 또다시 간질거렸다. 이대로 있다가는 내가 구미호라는 사실이 탄로나는 건 시간문제였다.

"아, 별로 중요한 거 아니야. 그냥 이거 내면 되겠다!"

나는 태연한 척 그렇게 말하고 여우 구슬을 벗기 위해 목걸이 줄로 손을 가져갔다. 엄마의 머리카락이 빚어낸 신비한 목걸이 줄이 피부 속으로 파고들 듯 안으로 말려드는 것이 느껴졌다. 나는 온 힘을 다해 목걸이를 뜯어내듯 잡아당겼다.

투둑! 끈이 끊어지는 순간 여러 개의 목소리가 동시에 외치는 것 같은 소리가 들렸다.

안 돼!

구슬을 떼어 내선 안 돼!

안
돼!
안
돼!
안
돼!
안
돼!
안 돼!

하지만 이미 내 손바닥 위에는 줄이 끊어진 여우 구슬이 놓여 있었다. 무지갯빛이 감돌던 구슬이 천천히 초록색으로 바뀌었다. 누가 봐도 별로 중요해 보이지 않는, 평범한 구슬 같았다.

"이제 바자회 물품 수거를 마감하려고 합니다. 손단미 학생, 뭐 넣을 거 있나요오?"

어느새 다가온 미스터 헬로가 물었다.

"이거요."

나는 물품 수거함에 여우 구슬을 던져 넣었다. 정말로 내게는 필요도, 쓸모도 없는 하찮은 물건을 대하듯이 말이다. 툭, 하고 구슬이 수거함 바닥에 떨어지는 소리가 들렸다. 내 옆에 선 래아의 얼굴에 작은 웃음이 떠올랐다. 탁. 미스터 헬로가 수거함을 닫았고, 수업을 알리는 종이 울리기 시작했다.

홀가분하면서도 이상한 기운이 나를 감쌌다. 더 이상 여우라는 정체성 때문에 괴로울 일은 없을 것 같았다. 몸이 붕 뜬 것처럼 나른했다. 적어도 그때만큼은 깃털보다 더 가볍고 자유로운 기분이었다.

5. 고백

그런데 어떻게 된 일일까? 좋았던 기분은 오래가지 않았다. 수업이 시작되고 얼마 지나지 않아 증상이 시작됐다. 몸속의 피가 빠져나가는 것처럼 점점 몽롱해지더니 집에 갈 때쯤엔 정신을 차릴 수 없을 정도로 어지러워졌다. 여우 구슬이 절대로 몸에서 떨어지면 안 된다고 경고하던 엄마의 얼굴이 떠올랐다. 래아의 꾐에 당해 버린 것 같았다.

학교가 끝나고 집으로 가는 길에 증세는 점점 더 심

각해졌다. 나는 발길을 돌려 다시 학교로 되돌아갔다. 그리고 교무실을 찾아가 미스터 헬로를 불렀다.

"저, 선생님……."

"무슨 일이죠오?"

미스터 헬로가 나를 의아하게 바라봤다.

"제가 아까 수거함에 낸 물건 말인데요……."

"네. 단미 학생이 뭘 냈죠오?"

"그게……. 그냥 평범한 구슬 목걸이인데요……."

"네, 그런데요오?"

"생각해 보니까 저한테 중요한 물건이라서 되찾으려고요."

나는 망설이던 말을 뱉어 버렸다. 막상 그렇게 토해 내고 나자 속이 시원했다. 물건을 잘못 냈다면 다시 되찾으면 되니까, 이보다 간단할 수는 없었다. 하지만 미스터 헬로는 안타깝다는 듯 혀를 찼다.

"당장은 힘들겠어요오. 수거함 안의 물건을 모두 취

합해서 막 강당 창고로 보냈거든요오. 단미 학생의 물건을 찾으려면 상자들을 전부 빼내야 할 텐데, 쉽지 않을 것 같네요오. 내일 바자회가 열리면 직접 찾아보는 편이 좋겠어요."

나는 꾸벅 인사를 하고 다시 집으로 향했다. 마음을 다잡으며 한 걸음 한 걸음을 침착하게 걸으려고 애썼다. 누구나 한 번쯤은 실수하니까, 다시는 그러지 않으면 된다고 생각하면서 말이다.

그러나 내가 느끼는 정체 모를 어지럼증은 점점 더 심해졌다. 말로 설명하긴 어렵지만 내 안의 목소리들이 다 사라진 느낌이었다.

간신히 집에 도착한 나는 소파 위에 쓰러지듯 주저앉았다. 엄마가 과일을 먹으라며 테이블 위 그릇을 가리켰다. 그릇 안에는 바나나와 사과, 배, 귤이 가득 들어 있었다. 그런데 순간 눈앞의 초점이 흐려지더니 과일의 색깔이 모두 섞여 괴상하게 보였다.

"으으……."

나는 고개를 흔들며 눈을 꾹 감았다가 떴지만 아무 소용이 없었다. 이제 과일의 색도 모양도 모두 뒤섞여 원래 모습을 알아볼 수조차 없었다.

"으으, 엄마……."

"왜 그래, 단미야. 무슨 일이니?"

엄마가 내 옆으로 급히 다가왔다.

"눈이 잘 안 보여……."

"뭐라고?"

엄마가 물었지만 나는 말을 더 잇지 못했다.

"무슨 일인데 그래? 조금 더 자세히 설명해 보렴!"

엄마가 걱정스럽게 묻자 눈물이 나기 시작했다. 그렇지만 이제는 말해야 할 것 같았다.

"나…… 여우 구슬이 없어……."

"뭐? 여우 구슬이 없다고? 잃어버린 거니? 아니면 누군가가 빼앗은 거야?"

엄마의 목소리가 높아졌다. 나는 고개를 저었다.

"아니야. 내가 떼어 냈어……. 바자회 물건으로 내 버렸어."

"바자회 물건에 여우 구슬을? 어째서?"

엄마가 의아하게 물었다.

"나도 모르겠어. 어떻게 하다 보니 그렇게 돼 버렸어……."

울음이 터져 나왔다. 엄마는 한동안 내가 울도록 내버려 두었다. 조금 뒤 내가 진정되자 엄마는 부드럽지만 단호한 눈빛으로 내 눈을 들여다봤다.

"자, 이제 차근차근 얘기해 보자. 어떻게 된 일인지."

나는 천천히 입을 열었다. 바자회와 모둠 발표, 그리고 그 모든 일에 엮여 있던 도래아에 대해서. 내 이야기를 들은 엄마의 얼굴이 전에 없이 심각해졌다.

"여우 구슬을 함부로 떼어 낸 건 분명 큰 실수야. 누가 억지로 빼앗은 것도 아니고 단미, 네가 스스로 결정을 내린 건 사실이니까. 하지만 래아라는 아이, 보통 아이는 아닌 것 같구나. 그렇게 능숙하게 네 마음을 조종할 수 있다니 뭔가 계략을 꾸미고 있는 게 틀림없어."

엄마가 말했다.

"어쨌든 구슬을 얼른 찾아야 해. 여우 구슬은 절대 우리 몸에서 멀어지면 안 돼. 구슬을 몸에 지니지 않는 여우는 위험해지기 때문이지. 네 안의 힘은 점차 약해지게 돼. 지금 몸이 이상하다고 느끼는 것도 그런 이유에서일 거야. 더 걱정스러운 건, 만에 하나 나쁜 마음을 품은 누군가가 여우 구슬을 손에 넣게 되는 경우야."

"그럼 어떤 일이 벌어지는데?"

엄마의 얼굴은 한층 더 어두워졌다.

"여우 구슬을 지닌 사람이 구슬 안의 힘을 쓸 수 있게 되지. 혹여라도 나쁜 마음을 먹는다면 너의 꼬리들을 이용해서 나쁜 일에 힘을 쓸 수도 있게 되는 거야."

나도 모르게 다시 눈물이 차오르기 시작했다. 찰나

의 실수가 이렇게 엄청난 결과로 돌아오다니, 나 자신이 너무 바보처럼 느껴졌다.

"미안해, 엄마. 엄마가 그렇게 신신당부했는데 약속을 어겨서……."

나는 울음 섞인 목소리로 말했다. 그런데 놀랍게도 엄마는 방긋 미소를 지었다.

"엄마도 단미 같았던 때가 있었어. 여우 구슬이 부담스럽고 없었으면 좋겠다고 생각했던 때가 지금도 생생하게 기억나네."

"정말?"

엄마가 고개를 끄덕였다.

"구미호라는 사실이 너의 숙명이라는 걸 받아들이는 데는 시간이 필요해. 엄마가 그 얘기를 단미에게 충분히 들려주지 않은 것 같구나. 구슬이 그렇게 답답했니?"

"응……. 솔직히 말해서 그랬어. 근데 이제는 나도 알 것 같아. 여우 구슬이 나에게 없어서는 안 되는 물건이라는 거. 앞으로는 함부로 다루지 않을게."

내가 말했다. 벌써 조금 전보다 기분이 나아진 것 같았다.

"그런데 엄마 말대로 큰일이 생기면 어떻게 하지?"

엄마는 내 손을 부드럽게 잡았다.

"너무 걱정하지 말자. 최악의 가능성을 상상한 것뿐이니까. 그리고 선생님 말씀대로 여우 구슬은 창고에 다른 물건들과 함께 섞여 있을 거야. 그러니까 바자회 날 누구보다 먼저 단미가 찾으면 되는 거지."

나는 고개를 끄덕였다. 이제라도 엄마에게 고백할 수 있어 다행이었다.

"마음을 조금 편하게 가져 보렴. 네가 마음을 단단히 먹으면 못 해낼 거라 생각했던 일들도 해낼 수 있게 될 거야. 일단 숨부터 크게 들이마셔 볼까?"

나는 엄마의 말에 따라 침대에 누워 심호흡을 했다.

그러자 나를 짓누르던 느낌도 거짓말처럼 사그라드는 것 같았다.

“내일이 바자회라고 했지? 무슨 일이 있더라도 구슬을 반드시 찾아야 해. 네가 구슬을 되찾기 전에 나쁜 일이 벌어지지 않기만을 바라야겠다. 하지만 무슨 일이 생기더라도 하나만 기억해 줘. 어떤 일이 벌어지든 단미라면 헤쳐 나갈 수 있을 거야. 엄마는 단미를 믿어.”

잠이 오지 않을 것 같은 밤이었다. 엄마가 내 곁을 지키며 계속 머리를 쓰다듬어 주었다.

“괜찮을 거야. 엄마는 단미를 믿어.”

엄마가 주문을 외듯 다시 한번 중얼거렸다. 이마를 쓰다듬는 엄마의 손길을 느끼며 어느새 나는 스르륵 잠이 들어 버렸다.

6. 여우 구슬을 찾아라!

다음 날, 아침부터 하늘은 몹시 흐렸다. 학교 건물로 다가갈수록 주위는 더 어둡고 음산해졌다. 자세히 보니 학교 건물 위에 엄청나게 큰 구름이 하나 떠 있었다. 회색빛 구름은 지붕처럼 학교 위를 덮고 있었다. 그게 무엇을 뜻하는지도 모르고, 내 마음은 온통 조금 뒤 열릴 바자회에 쏠려 있었다.

점심시간이 되기 직전, 미스터 헬로가 커다란 목소리로 공지 사항을 말했다.

“점심시간이 끝나는 즉시 학생 여러분은 바로 강당으로 가세요오. 일전에 공지했듯 이번 바자회는 선생님들의 감독이나 개입 없이 오로지 여러분들끼리 즐기는 작은 행사가 될 겁니다아. 물건을 진열해 놓은 부스마다 티켓함이 있으니, 미리 받은 티켓을 한 장씩 넣고 원하는 물건을 사면 됩니다. 티켓이 없다면 물건을 살 수 없다는 사실을 잊지 마세요! 물건을 내지 않아 티켓을 받지 못한 학생은, 자신이 가지고 있는 물건과 원하는 물건을 현장에서 직접 물물 교환 하는 것도 가능합니다. 한 시간 동안 진행될 바자회에서 모두 정숙을 지키고 각자 즐겁게 물건을 고르세요오.”

점심시간 내내 바자회에 대해 떠드는 아이들의 소리로 급식실은 시끌벅적했다. 그러나 내 마음은 초조하기만 했다. 가만히 앉아 미소 짓고 있는 래아와 눈길이 마주쳤지만 얼른 시선을 피했다. 내 목표는 오직 한 가지였다. 물론 그건, 누군가가 가로채기 전에 여우 구슬을 되찾는 것이었다.

점심시간이 끝나는 종이 울리자 아이들은 삼삼오오 짝을 지어 강당으로 향했다. 천막이 쳐진 여러 개의 부스가 작은 가게처럼 줄지어 있었고, 각각의 부스 앞에는 물건 교환 티켓을 넣을 상자가 놓여 있었다. 바자회를 준비한 건 선생님들이지만, 바자회를 잘 즐기고 바르게 마무리하는 건 온전히 학생들의 몫이라는 게 느껴졌다.

전교생이 다 모인 강당은 어느 때보다도 북적였고, 아이들이 내놓은 수많은 물건이 눈을 어지럽혔다. 이 안에서 여우 구슬을 찾는 건 그야말로 지푸라기 더미에 숨은 바늘을 발견하는 것보다도 어려울 것 같았다. 걱정스럽게 서 있는데 때마침 나를 발견한 루미가 들

뜬 표정으로 다가왔다.

"단미야, 여기 있었구나! 너 만나서 같이 구경하려고 했는데 이제야 찾았네. 이것 좀 봐! 난 벌써 멋진 럭비공을 두 개나 구했다고. 쎌 오빠가 직접 사인한 소중한 공이라서 샀지."

"두 개나?"

"응. 내 물건을 두 개 내놔서 티켓을 두 장 받았거든. 어때, 멋있지?"

루미가 공을 보여 주며 자랑했다.

"나한텐 너무 소중한 게 누군가한테는 바자회에 그냥 내놓을 수 있을 만큼 쓸모없게 느껴질 수도 있나 봐."

루미의 말을 듣자 왠지 모르게 좀 뜨끔했다. 하지만 내 생각은 루미 뒤에 서 있던 민재의 상기된 표정에 지워졌다.

"얼핏 보니까 흥미로운 골동품도 많아. 조금 더 둘러

보다가 정하려고."

"이 몸은 튼튼하고도 커다란 우산을 샀지. 강당 안에서 비가 내리더라도 완벽히 방어할 수 있도록 말이야."

갑자기 나타난 지안이가 우산을 들어 보였다.

"엉뚱하긴. 강당 안에서 비가 내릴 일이 뭐가 있다고 그래? 그나저나 정말 시시하다. 남이 쓰던 물건을 굳이 사야 되니?"

지안이가 거드름을 피우며 말하자 윤나가 핀잔을 주며 툴툴거렸다. 하지만 지금은 아이들의 수다에 여유롭게 낄 상태가 아니었다. 나는 아이들을 향해 말했다.

"얘들아, 나 좀 도와줘. 꼭 찾아야 할 물건이 있어."

"뭔데?"

민재가 한발 다가오며 물었다.

"구슬이야. 평범하게 생긴 초록빛 구슬인데……. 꼭 찾아내야 해. 누군가 다른 사람이 가져가기 전에……."

"무슨 구슬인데? 혹시 네 목에 걸려 있던 목걸이?"

바
자
15
15

지안이의 눈이 커졌다.

"응……."

"중요한 것 같던데 왜 내놓은 거야?"

"그게……. 지금 설명하긴 어렵지만, 어쩌다 보니 그렇게 됐어."

내가 대답했다.

"알았어. 찾아보자. 지루한 바자회보다는 그 편이 더 재미있겠네."

윤나가 재미있다는 듯 팔짱을 꼈다.

"일단 가 보자!"

언제나 그렇듯 루미가 한발 앞장섰다. 우리는 북적거리는 인파를 뚫고 앞으로 나아가기 시작했다. 곧 루미가 나를 향해 물었다.

"이거 아니야?"

루미가 집어 든 건 여러 개의 구슬이 이어진 비즈 목걸이였다.

"그것보다는 훨씬 단순하고 평범해."

"그럼 혹시 이건가?"

민재도 부스에 놓인 목걸이를 가리켰지만 나는 고개를 가로저었다. 전부 내 여우 구슬보다 예쁘고 화려한 것들이었다. 친구들이 도와줘도 이곳에서 여우 구슬을 찾는 건 무리인 걸까. 그렇게 생각한 순간, 희한한 일이 벌어졌다. 정신없고 시끄러운 분위기 속에서 무언가 이상한 소리가 들린 것이다! 나는 귀를 쫑긋 세우고 소리에 집중했다. 어디선가 여러 개의 목소리가 들려왔다. 알아듣기 힘들 정도로 작고 빠르게 속삭이는 소리가 내 귀를 간지럽혔다.

여기야!

그건 구슬 안에 갇힌 꼬리들의 목소리였다!

나는 소리가 나는 쪽을 향해 발걸음을 옮겼다. 심장

이 강하게 고동치기 시작했다. 목소리들이 조금씩 커져 가고 있었다.

여기야!

아까보다 한층 더 커진 꼬리들의 외침이 들렸다. 나는 고개를 돌렸다. 구석에 있는 작은 부스 위, 여러 가지 잡동사니 틈에서 여우 구슬이 보였다. 강당을 꽉 메운 인파 때문에 쉽사리 앞으로 나아가긴 어려웠지만, 간신히 아이들 틈을 뚫고 목걸이 앞에 섰다. 나는 안도의 숨을 내쉬며 중얼거렸다.

"후유, 다행이다. 여기 있었구나……."

그런데 내가 말을 끝내기도 전에 앙칼진 목소리가 귀를 찔렀다.

"찾았다!"

그 목소리와 동시에 누군가가 눈앞에서 여우 구슬을

휙 낚아챘다. 래아였다!

"한참 찾았는데 여기 있었네."

래아가 구슬을 들여다보며 말했다.

"돌려줘. 그건 내 거야!"

내가 손을 뻗었지만 래아는 팔을 뒤로 휙 감췄다.

"네 거? 네 거였을지는 모르겠지만, 이젠 내 거야."

래아의 목소리는 의기양양했다.

"단미야, 구슬 찾은 거야?"

내 뒤를 따라온 루미가 물었다.

"찾긴 했는데……."

"찾긴 했는데 더 이상 손단미 거가 아니야. 바자회에서 살 물건으로 골랐으니까."

래아가 내 말을 가로챘다.

"미안해, 도래아. 그런데 내가 잘못 생각했어. 내지 말아야 할 물건을 낸 것 같아. 누구나 실수는 하잖아. 그러니까 돌려줘."

래아는 꿈쩍도 하지 않았다.

"실수? 선생님이 자신한테 필요없는 물건을 내라고 했잖아. 그것도 며칠이나 시간을 줬고. 심지어 네가 이 구슬을 내기 직전에도 말씀하셨지. 그때 너도 그 자리에 있지 않았어?"

래아가 루미를 바라보며 물었다.

"그렇긴 했……지."

루미가 내키지 않는 듯 대답했다.

"실수라는 건 순간적으로 하는 거 아닌가? 이 구슬을 실수로 냈다고 하기엔 너한테 주어진 시간이 너무 긴데?"

래아의 말에 나는 말문이 막히고 말았다.

"그건……."

래아는 내가 더듬거리는 순간을 놓치지 않고 또다시 말을 가로챘다.

"다르게 말하면 이 구슬은 말이야. 고작 실수로 바자

회에 내 버릴 수 있을 정도로 너한테 중요하지 않은 거라는 뜻이지. 그게 아니라면, 갖고 있어 봤자 너한테 방해가 되는 물건이거나."

래아의 얼굴 위로 기분 나쁜 웃음이 떠올랐다.

"방해라고?"

"그냥 흔해 빠진 구슬인데 무슨 뚱딴지 같은 소리야, 도레미."

루미와 윤나가 의아하게 되물었다. 나는 궁지에 몰린 기분으로 우기는 수밖에 없었다.

"어쨌든 나한테는 중요한 거야."

"도래아, 단미가 잘못 냈다는데 돌려주지 그래?"

내가 곤란해하는 걸 본 민재도 래아를 향해 말했다. 하지만 민재의 말이 끝나기도 전에 래아는 매섭게 콧방귀를 뀌었다.

"정말 어이없군. 이래서야 바자회가 무슨 의미가 있겠어? 누가 시킨 것도 아니고, 자기가 자발적으로 내놓

은 물건을 이제 와서 돌려달라니. 이거야말로 일종의 도둑질 아닌가?"

"도, 도둑질이라고?"

그걸 그렇게 몰아갈 수 있다는 게 어이가 없어서 헛웃음이 났지만 왠지 당황스러웠다.

"단미가 실수였다고 하잖아. 정말 중요한 거라고 하면 이해해 줄 수도 있어야지."

지안이가 말을 보탰지만 래아는 묘한 웃음을 지으며 지안이를 노려볼 뿐이었다.

"너……. 전부터 아주 마음에 안 들었는데, 오늘도 잘난 척하는 태도는 변함이 없구나?"

"뭐?"

지안이가 발끈했다.

"야, 도레미. 그 구슬이 뭐 그렇게 특별하다고 그러니?"

윤나의 말에도 래아는 아랑곳하지 않았다.

"너도 머리가 어지간히 나쁘구나. 내 이름은 도래아야. 그리고 한발 늦었어. 이제 이 목걸이는 내 거니까!"

래아가 깔깔거리며 웃었다. 그러더니 번개처럼 목걸이를 자신의 목에 둘렀다. 그리고 그때부터 끔찍한 일이 시작됐다!

7. 강당의 악몽

래아가 여우 구슬을 목에 걸자 설명하기 힘든 이상한 일이 벌어졌다. 구슬 위로 오색 빛이 어지럽게 감돌기 시작했다. 뒤이어 래아의 얼굴 위로 파랑, 주황, 보라, 빨강, 초록의 다섯 가지 색이 빠르게 스쳤다가 일시에 사라졌다. 이제 구슬은 검은 납처럼 빛을 잃었다. 구슬의 빛이 래아에게 모두 빨려 들어간 것이었다!

래아는 날개를 펼친 새처럼 양팔을 옆으로 쫙 뻗었다. 그러자 래아의 몸이 하늘 위로 천천히 솟아올랐다.

바자회 장터를 구경하던 아이들이 영문도 모른 채 하나둘 위를 올려다봤다.

"저게 뭐야? 재 좀 봐!"

"어떻게 저럴 수가 있지? 공중에 떠 있잖아……."

내 옆에 있던 두 명의 아이가 놀라서 소리쳤다. 래아는 양팔을 옆으로 뻗고 몸에 힘을 주듯 어깨를 위로 올렸다. 그러자 어디선가 작은 물방울들이 빠른 속도로 모이더니 순식간에 래아의 머리 위로 먹구름이 생겼다. 래아가 양팔을 휘휘 젓자 사방에서 바람이 불기 시작했다.

"오, 내 힘이 꽤 강력해졌는데! 정말 재밌어!"

래아가 놀랍다는 듯 웃었다.

"그럼 한번 시험해 볼까?"

래아는 내 근처에 있던 두 아이를 노려보더니 그 애들을 향해 팔을 뻗었다. 그러자 래아의 손에서 날카로운 빛이 뿜어져 나와 두 아이에게 꽂혔다. 아이들의 얼굴이 감전되기라도 한 것처럼 멍하게 바뀌더니 한 아이의 가슴에선 푸른색 빛이, 다른 아이의 가슴에선 붉은색 빛이 나와 래아에게 되돌아갔다. 내가 잘못 본 걸까? 그러자 래아 위를 덮은 비구름이 아주 조금 더 커진 것 같았다. 어떻게 된 일인지는 몰라도, 래아의 비구름이 아이들에게서 나온 에너지를 흡수하고 있었다!

"누군가 선생님들에게 알려야 해!"

민재가 외쳤지만 래아는 코웃음으로 응수했다.

"그렇게 쉬울 리가 있겠어?"

래아가 문 쪽으로 손을 뻗더니 팔을 안으로 당겼다. 그러자 문이 쾅 소리를 내며 닫혔다. 이어서 래아가 손가락을 튕기자 문 위쪽의 잠금장치가 탁 잠겼다.

"뭐 하는 짓이야! 네가 그래 봤자 곧 선생님들이 CCTV를 보고 달려오실 거야."

윤나가 날카롭게 말했지만 래아의 얼굴엔 조소가 떠오를 뿐이었다.

"과연 그럴까?"

래아는 구석에 있는 CCTV를 향해 팔을 뻗더니 주먹 쥔 손가락을 하나씩 폈다. 그러자 카메라 위로 순식간에 수증기가 어렸다.

"선생님한테는 뿌옇게 흐려진 화면만 보일 거야. 우리끼리 사이좋게 잘 있는 줄 아시겠지. 어차피 선생님들은 애초에 우리한테 별 관심도 없어. 선생한테 학생이란 존재는 관리하기 귀찮은, 성가신 말썽꾸러기일 뿐이니까. 무슨 일이 벌어질지도 모르는데 우리끼리만 둔 것만 봐도 알 수 있지. 그러니까 이제부터 재미있게 놀아 볼 시간이야!"

그렇게 말한 래아가 손가락으로 탁 소리를 내자 구름에서 빗방울이 떨어지기 시작했다. 그러자 더욱 이해할 수 없는 일이 벌어졌다. 비를 맞은 아이들의 눈빛이 이상하게 변했다. 아이들의 눈동자는 일순간에 회색빛으로 변했고, 마취되기라도 한 듯 미동도 없이 멍한 표정으로 하늘을 올려다볼 뿐이었다. 구름에서 떨어지는 비를 맞지 않아야 한다는 직감이 들었다.

"얘들아, 피하자! 어서!"

나는 루미의 손을 잡고 급히 부스 안으로 몸을 숨겼다. 윤나와 다른 친구들도 근처의 부스 아래로 들어갔다.

"이 비는 일종의 마취제야. 빗방울을 맞으면 몸도 마음도 텅 빈 백지처럼 변하지. 나중에 깨어난다 해도 내가 공중에 솟아오른 뒤부터는 전혀 기억이 나지 않게 될 거야. 나는 그때를 이용해서 이렇게, 너희의 에너지를 빼 가는 거고!"

래아가 말하더니, 비를 맞은 아이 중 한 명을 향해 손을 뻗었다. 그 아이에게서 주황색 빛이 나오더니 래아에게 되돌아갔다. 아이는 동상이 된 것처럼 입을 헤 벌린 채 그 자리에 멈춰 섰다.

"얘는 우정을 가장 중요하게 생각하는 아이군. 우정

따위가 뭐 별거라고!"

래아가 중얼거리더니 다른 아이를 향해 또 손을 뻗었다. 그 아이에게서는 보라색 빛이 나왔다.

"얘는 소심 덩어리에 겁쟁이군. 겉으론 용감한 척해도 속이 두려움으로 가득 차 있어."

이어서 또 다른 아이에게 손가락을 뻗은 래아는 그 애에게서 나온 빨간색 빛을 흡수했다.

"얘는 질투심으로 똘똘 뭉친 한심하기 짝이 없는 아이군!"

래아가 킬킬거렸다.

"무슨 짓이야, 당장 그만둬!"

내가 외쳤다.

"그만두다니, 왜? 난 지금 너무 재미있는데?"

래아가 또 한번 자지러지게 웃더니 나를 매섭게 쏘아봤다.

"안 보여? 나한테 아이들의 기운이 모여들고 있어.

마치 구름 속으로 모여드는 빗방울처럼 말야!"

래아의 말대로 래아 위의 회색빛 비구름은 점점 더 커지고 있었다.

"네 여우 구슬은 정말 강력한걸? 이렇게 멋진 걸 가지고 있으면서 아무렇지 않게 숨기다니 손단미, 너도 참 대단하다. 이 구슬은 너보다 나한테 더 어울려! 이게 있으니까 아이들이 마음속에 품은 걸 끌어당길 수가 있어. 자, 봐!"

래아가 비를 맞아 꼼짝 못 하는 아이들을 향해 손가락을 펼쳤다. 각자 다른 빛이 아이들에게서 뻗어져 나왔다. 그때마다 래아 위를 뒤덮은 먹구름은 조금씩 커졌다.

"제발 그만둬. 친구들은 내버려 둬! 구슬을 돌려 달라고!"

하지만 래아는 나를 비웃을 뿐이었다.

"내 맘이야. 그러게 진작에 구슬 간수를 잘했어야지.

난 빼앗은 적이 없어. 네가 필요없다고 해서 내놓은 거지."

래아가 나를 비웃었다.

"대체 이렇게 하는 이유가 뭔데?"

"누군가의 마음을 홀리는 거. 그게 내가 존재하는 방식이니까. 너도 나와 비슷한 세계에서 왔다면 알지 않아?"

래아가 차갑게 응수했다. 래아가 무슨 소리를 하는 것인지 감이 오지 않았다. 하지만 적어도 지금은 그 말을 따질 겨를이 없었다. 당장 중요한 건 눈앞에서 벌어지는 끔찍한 일을 막는 것뿐이었다. 그러기 위해서 한시라도 빨리 여우 구슬을 되찾아야 한다는 사실만큼은 분명했다. 래아의 수중에 여우 구슬이 들어간 이후에 이 모든 일이 벌어지기 시작했으니까.

나는 온 힘을 다해 속으로 외쳤다. 불행히도 꼬리들에게서는 아무 대답이 없었다. 조금 전까지만 해도 나를 향해 외치던 목소리들은 이제 그 어디에서도 들리지 않았다. 적어도 지금, 여우 구슬의 주인은 래아였다. 그러니 여우 구슬 안에 가둬진 꼬리들도 래아의 명령에 복종하고 있는 것이었다.

엄마가 염려했던 최악의 상황이 벌어지고 말았다. 여우 구슬을 가진 자가 꼬리의 힘마저 빼앗게 될 거라는 말, 그 말이 끔찍한 현실이 되어 내 눈앞에서 펼쳐지고 있었다.

눈물이 흘러내렸다. 내가 구미호라는 사실이 싫어서 구미호의 증표인 여우 구슬을 벗었는데, 그러고 나자 나는 아무런 능력도, 힘도 가지지 못한 평범하기 짝이 없는 손단미일 뿐이었다. 모든 게 내 탓이었다. 내가 없었더라면 이 모든 일도 일어나지 않았을 텐데……. 슬픔과 절망을 뒤섞은 것 같은 기분이 들었다. 할 수만 있다면 사라져 버리고 싶을 정도로 어두운 파도가 나를 덮쳤다.

그때였다. 내 안에서 들릴 듯 말 듯, 작은 목소리가 속삭였다.

내가 도움이 될 수 있을까?

나는 내 귀를 의심했다. 내 안에 남은 꼬리가 하나 있었다. 여우 구슬 속에 가둬지지 않은 유일한 꼬리. 그건, 검은 꼬리의 목소리였다!

8. 래아의 우비

내 안에 검은 꼬리가 남아 있으리라곤 상상도 하지 못했다. 검은 꼬리는 내가 비를 피하고 있는 부스 뒤에서 천천히 모습을 드러냈다. 불행인지 다행인지 루미와 친구들은 래아의 모습에 압도당한 듯 검은 꼬리의 존재를 의식하지 못했다. 나는 조심스럽게 부스 뒤쪽으로 다가갔다.

"네가 날 돕는다고? 어떻게? 아니, 그보다도 넌 어째서 여우 구슬 안에 갇혀 있지 않았던 거지?"

나는 검은 꼬리에게 속삭이듯 물었다. 등에서 빠져나온 느낌도 없었는데 눈앞에 서 있다니, 소리도 없이 움직이는 게 이 아이의 특징인 것 같았다. 검은 머리칼의 아이는 작은 목소리로 우울하게 대답했다.

"내 특기는 방황하는 거거든. 그 덕에 네가 의식하지 못한 사이에도 바깥으로 빠져나오곤 하지. 네가 여우 구슬을 바자회 물품으로 냈을 때도 나는 바깥을 거닐고 있었어. 내 존재에 대해 고민하느라 산책을 해야 했으니까."

"뭐? 존재? 고민? 산책?"

나는 어울리지 않는 단어들을 아무렇지 않게 읊는 아이가 이해되지 않았다. 아이는 천천히 고개를 끄덕였다.

"결국 내 존재에 대해서 얻은 답은 없었지만 말이야. 그런데 다시 네 등 안으로 들어왔을 때 남아 있는 꼬리는 아무도 없었어. 나 혼자만 고독하게 남아 있었지. 하지만 넌 그 사실을 모르는 것 같더라고. 이제 너한테 남은 꼬리는 나뿐이야, 반갑진 않겠지만."

"그런데 네가 날 어떻게 돕겠다는 거야?"

내가 물었다. 나는 발을 동동 구를만큼 마음이 급했지만 아이는 서두르는 기색도 없이 태연하기만 했다.

"음, 사실 내가 가진 능력이 너무 보잘것없어서……. 내가 할 수 있는 건 단 한 가지야. 그런데 그게 너한테 도움이 될지는 모르겠어서 말이지."

"도와줘. 뭐라도 도움이 필요해!"

나는 앞뒤 생각할 겨를도 없이 말했다. 이렇게 대화를 나누는 동안에도 래아는 계속 아이들에게서 무언가를 흡수하고 있었다.

"알았어."

아이가 대답했다.

"나도 어떻게 될지는 몰라. 그렇지만 적어도 한 가지는 안심해도 돼. 내가 다른 아이들의 눈에 띌까 봐 걱정

할 필요는 없어. 검은색 존재가 누군가의 시선을 빼앗을 일은 없을 테니까!"

그 말을 끝으로 아이는 기둥 뒤로 몸을 숨기는가 싶더니 어느새 새까만 여우로 변신해 있었다! 여우의 까만 눈은 물에 젖은 돌처럼 반짝였고, 검은 털은 먹물보다도 더 진했다. 여우는 꼬리를 위로 까딱 세우더니 강당을 가로지르며 재주를 넘기 시작했다. 하지만 그 누구도 검은 여우의 존재를 눈치채지 못했다.

아이들은 여전히 겁에 질려 우왕좌왕했고 비를 맞은 아이들은 얼음이 된 것처럼 동작을 멈췄다. 래아는 여기저기 손을 뻗으며 아이들의 기운을 빨아들였다. 아마도 여우 구슬에서 흡수한 빛을 이용하고 있는 것이 틀림없었다. 나는 이러지도 저러지도 못한 채 그 광경을 지켜보고만 있었다. 그런데 여우가 정신없이 재주를 넘는 동안 설명하기 힘든 기묘한 일이 벌어지고 있었다.

"어떻게 된 거야……."

나는 중얼거렸다.

"내, 내 눈이 이상한 건가……?"

검은 여우가 재주를 넘고 지나간 곳의 색깔이 사라져 있었다! 정확히 말하면 여우가 지나간 자리는 흑백으로 보였다. 여우는 색깔을 지우는 지우개처럼, 계속해서 재주를 넘으며 눈앞의 색을 지워 나갔다. 아이들이 입은 옷도, 강당의 알록달록한 물건들도 점차 흑백 사진처럼 색을 잃어 갔다. 이상한 건 그뿐이 아니었다. 주변의 소리도 점점 작아지고 있었다.

"지금 뭐 하는 거야! 네가 가진 능력이 겨우 이거야? 이렇게 해서 어떻게 돕겠다는 건데?"

내가 검은 여우를 향해 외쳤다. 아무런 소리도 들리지 않는 흑백 세상이라니! 그렇지 않아도 할 수 있는 게 아무것도 없는데, 어떻게 하겠다는 건지 알 수 없었다. 검은 여우가 재주넘기를 멈췄다. 그러고는 나를 빤히 바라보며 말했다.

“난 네가 너에게 집중할 수 있게 해. 그게 내가 가진 유일한 능력이야.”

“뭐? 그게 지금 상황에서 도움이 돼? 그냥 이제라도 그만둬. 네가 도움이 될 수 있다는 생각은 내 착각이었던 것 같아!”

“한번 시작한 이상 그건 불가능해. 그리고 이제 내 능력을 어떻게 쓸지는 네가 정해야지!”

검은 여우는 더욱 빠르게 재주를 넘었다. 여우가 재주를 넘는 동안 눈앞의 광경은 빠르게 흑백이 되어 갔다. 마침내 여우가 움직임을 멈추고 가쁜 숨을 내쉬었다.

“일일이 지우려니 힘들군. 언젠가 내 힘이 더 강력해진다면 한 번에 흑백으로 바꾸는 게 가능해질 텐데, 아직은 힘이 부족해서 말이야.”

이제 내 눈앞에 펼쳐진 세상은 완전히 흑백이었다. 주변의 소리도 전혀 들리지 않았다. 리모컨으로 음소

거 버튼을 누르기라도 한 것처럼, 비명을 지르는 아이들의 소리도, 래아의 소름 끼치는 웃음소리도 더는 들리지 않았다. 귓가를 울리는 건 내 심장의 고동 소리뿐이었다.

그러는 동안에도 래아 위를 덮은 구름은 점점 더 부풀고 있었다. 래아가 손을 뻗칠 때마다 아이들의 몸에서는 고유한 빛이 비쳐 나왔고, 그 빛을 흡수한 래아의 비구름은 빠르게 커져 갔다. 구름에서 내리는 빗방울도 점차 굵어져 가고 있었다.

어서 막아야 했다. 나는 색과 소리를 잃어버린 세상을 망연자실하게 바라봤다. 내게 닥친 일도 버거운데, 색과 소리까지 사라지니 가지고 있던 무기를 전부 빼앗긴 느낌이었다. 내가 할 수 있는 게 아무것도 떠오르지 않았다. 검은 먹물을 채운 갑옷을 입은 것처럼 발끝에서 머리끝까지 온몸이 갑갑하고 무겁기만 했다.

그런데 뭔가 이상했다. 내 마음은 깊은 물에 떨어뜨

린 돌멩이처럼 차분하게 가라앉고 있었다. 색과 소리로 가득한 세상을 대할 때보다 마음이 평화로웠다. 바깥으로 쏟아지던 생각이 내 안으로 천천히 고여 들기 시작했다. 나를 가득 채웠던 두려움과 혼란스러움이 사라지고 있었다. 세상이 흑백으로 보이니 쓸데없는 것에 눈을 빼앗기지 않을 수 있었고 소리가 사라지자 나만의 판단에 집중할 수 있었다.

나는 고개를 들어 래아를 올려다봤다. 그슨새. 비와 바람을 몰고 다니는 요괴. 그것이 래아의 정체였다. 그리고 래아 위를 덮은 비구름. 래아의 호위병 같은 구름은 비를 뿌려 아이들을 무력화했다. 마지막으로 나의 여우 구슬. 래아는 여우 구슬을 이용해 아이들에게서 가장 강하게 뿜어져 나오는 에너지를 제 것으로 만들고 있었다. 구슬 안에 숨은 꼬리의 힘으로, 아이들의 마음속에 자리 잡은 우정과 두려움 그리고 질투심을 마치 자석을 끌어당기듯 구름 속으로 빨아들이면서 그 아이의 에너지를 흡수하고 있는 것이었다.

그럼 어떻게 하면 될까? 나는 다시 래아를 찬찬히 살폈다. 문득 래아가 입고 있는 비옷에 눈길이 갔다. 망토 같이 생긴 비옷 덕에 래아는 먹구름 아래에서도 비 한 방울 맞지 않은 것처럼 멀쩡했다. 내게 여우 구슬이 있다면 그슨새인 래아가 가진 힘의 원천은 비옷에 있는 게 틀림없었다.

"저거야."

내가 말했다.

"래아의 비옷을 벗겨야 해……."

모르긴 해도 래아에게서 비옷이 사라진다면 래아는 힘을 쓰지 못하게 될 것 같았다. 나는 정신을 집중하고 래아의 소리를 듣는 상상을 했다. 그러자 래아의 기분 나쁜 웃음소리가 다시 들리기 시작했다. 하지만 두렵지 않았다. 그 순간 나의 가장 든든한 베프, 루미가 떠올랐으니까! 나는 검은 여우를 향해 외쳤다.

"이제 어떻게 해야 할지 알겠어. 루미를 찾아줘!"

여우는 반대편 부스에 숨은 루미 앞으로 재주를 넘으며 지나갔다. 그러자 루미의 몸이 원래대로 여러 가지 색을 되찾았다. 흑백 세상 속에 루미만 본래의 색을 가지고 있었다.

"루미야!"

내가 외치자 루미가 내 쪽으로 얼굴을 돌렸다.

"응, 단미야!"

이제 루미의 목소리도 또렷이 들렸다. 루미는 조금 전 바자회에서 샀다는 럭비공을 꽉 잡은 채 숨을 죽이고 있었다.

"루미야, 너 공 던지는 솜씨 여전해?"

"어? 당연하지. 왜?"

나는 래아를 가리켰다. 래아는 위아래를 오가며 아이들에게 손을 뻗어 빛을 뽑아내고 있었다.

"잘 봐, 도래아는 아래로 내려왔다가 다시 공중에 떠

오르기를 반복하고 있어. 도래아가 우리랑 가장 가까워졌 때 공을 던져 줘!"

"알았어!"

루미가 굳은 표정으로 고개를 끄덕이더니 럭비공을 꽉 쥐었다. 그때 래아가 땅 가까이 내려왔다.

"지금이야!"

내 말에 루미가 공을 던졌다. 휘이이잉! 루미의 불꽃 슛이 래아를 향해 빠른 속도로 날아가더니 팟! 래아의 어깨를 명중시켰다.

"아악!"

래아가 휘청거리며 공중에서 허우적댔다. 그 틈을 타 검은 여우가 래아를 향해 달려가기 시작했다. 여우는 바람처럼 래아의 주변을 맴돌더니 순식간에 래아의 비옷을 콱 깨물었다.

"아악, 저리 가! 저리 가라고!"

래아가 소리치며 버둥거렸지만 여우는 만만치 않았다. 래아가 몸부림칠수록 검은 여우가 문 비옷은 점점 래아의 몸에서 벗겨지고 있었다.

"무슨 일이 벌어지는진 모르겠지만, 답답해서 더는 못 보겠다."

루미가 중얼거리더니 남은 한 개의 럭비공을 단단히 움켜쥐었다.

"두루미의 명예를 걸고, 간다!"

그 말과 동시에 루미의 럭비공이 날아올랐다. 동시에 루미의 움직임을 알아챈 래아도 루미를 향해 빛을 쏘았다.

"루미야, 피해!"

내가 외쳤지만 이번엔 루미의 공보다 래아의 빛이 빨랐다. 루미의 몸에서 주황색 빛이 나와 래아에게 돌아갔다. 루미는 동상이라도 된 것처럼 그대로 멍하게 서서 움직임을 멈췄다. 하지만 다음 순간 루미의 공도 래아의 몸에 명중했다.

"아악!"

공이 래아의 몸을 때리자 래아가 소리를 지르며 땅

으로 떨어졌다. 동시에 여우가 물고 있던 래아의 우비가 벗겨졌다. 땅에 떨어진 래아가 숨을 몰아쉬었다. 여우가 고개를 홱 꺾으며 나를 향해 우비를 던졌고, 나는 높이 몸을 날려 우비를 낚아챘다. 펄럭, 소리를 내며 내 손에 우비가 들어왔다.

"잡았다!"

빗방울이 하나도 묻지 않은 빤빤하고 까끌까끌한 우비였다. 우비가 손에 닿자마자 전류가 흐른 것처럼 온몸이 짜릿했다. 래아의 우비에 신비한 힘이 깃들어 있다는 걸 느낄 수 있었다.

"손단미! 내 옷에 손대지 마!"

래아가 꽥 소리를 질렀다. 나는 한 손으로 우비를 잡고 다른 팔은 구름을 향해 뻗었다. 그리고 정신을 집중해 비가 그치는 모습을 상상했다. 그러자 놀랍게도 굵은 빗방울이 점차 잦아들더니 거짓말처럼 비가 멈췄다!

"굉장한걸. 이렇게 쓰는 거구나. 자, 이제 또 어떤 걸 해 볼까?"

내가 래아를 향해 말했다.

"내가 비오는 날을 좋아하긴 하지만, 요즘 너무 우중충해서 좀 지루했거든. 우비를 없애 버리면 해가 방긋 나오지 않을까?"

내 말에 래아가 또다시 괴성을 질렀다.

"안 돼! 돌려줘, 돌려달라고!"

래아가 소리쳤다.

"제발, 그게 없으면 난 몸이 말라 버린다고!"

아닌 게 아니라 래아의 피부는 정말로 메마른 흙바닥처럼 갈라지고 있었다.

"여우 구슬이랑 바꾸면 돌려줄게. 내 구슬 먼저 내놓으시지."

내가 말했지만 래아는 고개를 저으며 목에 걸린 여우 구슬을 더더욱 꽉 부여잡았다.

"이건 내 거야! 네가 바자회에 내놓은 걸 내가 택했으니까 내 거라고!"

래아가 나를 무섭게 노려봤다.

"난 여우 구슬을 빼앗은 적이 없어. 네가 포기해 버린 걸 가져갔을 뿐이야. 그런데 넌 내 우비를 빼앗았어! 이건 공정하지 못하다고!"

래아의 찢어지는 목소리가 강당 안을 가득 메웠다.

9. 바자회의 규칙

래아의 말도 일리가 있었다. 래아는 적어도 내게서 여우 구슬을 억지로 빼앗지는 않았다. 하지만 지금 나는, 친구들과 검은 여우의 도움으로 래아의 손에 들어간 여우 구슬을 빼앗으려 하는 것이나 다름없었다. 내가 스스로 바자회에 내놓은 물건을 돌려달라고 하는 게 앞뒤가 맞는 말일까?

평소였다면 혼란스러운 생각에 휩싸여 우물쭈물했을지도 모른다. 그러나 색이 사라진 세계에서 이번에도 나는 당황하지 않고 내 안의 소리에 귀 기울일 수 있었다. 불현듯 머릿속을 스치는 기억이 있었다. 미스터 헬로가 수거함을 닫던 순간, 태연히 내 옆에 서서 비열한 웃음을 짓던 래아의 얼굴이 떠올랐다.

"도래아. 하나 궁금한 게 있어. 넌 바자회에 뭘 낸 거야?"

래아가 눈을 움찔했다.

"생각해 보니 네가 여우 구슬을 가져갈 때 티켓을 함에 넣지 않은 것 같아서 말이야. 너도 바자회 물품을 제출했다면 티켓이 있을 거 아니야. 이제라도 티켓을 내."

"하. 갑자기 무슨 말도 안 되는 소리야……."

래아의 목소리가 갈라졌다.

"이런 시시한 행사에 낼 물건따위 없어. 난 그냥 네 여우 구슬만 가져가려고 바자회에 온 거니까……."

"그거야말로 공정하지 못하다는 건 알고 있겠지? 네

말은 바자회의 규칙에 맞지 않아. 그렇게 따지면 여우 구슬은 아직 네 거라고 볼 수도 없는 거야!"

내가 조용히 말했다.

"뭐라고?"

래아가 분한 듯 씩씩댔다.

"알고 있지? 자신의 물건을 제출하지 않은 사람은 남의 물건을 살 수 있는 티켓을 가질 수 없다는 거. 미스터 헬로가 그 얘길 했을 때 너도 그 자리에 있었으니까 분명 알고 있을 텐데."

"그건……."

래아가 말을 더듬었다.

"근데 보아하니, 넌 티켓이 없는 것 같아. 너는 바자회에 아무것도 내지 않았기 때문이지. 그러면서 정당하지 않은 방법으로 내 구슬을 가져간 거야."

"지루한 설교 따윈 그만둬! 그러지 않으면 네 친구들에게 나쁜 일이 벌어질 거야. 이렇게!"

화가 난 래아가 손을 뻗어 민재와 윤나에게 빛을 뿜었다. 손쓸 틈도 없이 윤나와 민재는 돌이 된 듯 움직임을 멈췄다. 각기 다른 빛이 래아에게 돌아갔지만 내 눈에 비치는 세상은 흑백이었기 때문에 아이들에게서 어떤 색깔의 빛이 나오는지 더는 알 수 없었다.

그런데 어떻게 된 일일까? 에너지를 흡수해 몸집이 커지는 대신 래아는 뜨거운 물건에 데기라도 한 듯 비명을 지르며 버둥댔다.

"구, 구름……. 구름이 있어야 아이들의 에너지를 모을 수 있는데. 너 때문에 내 구름이 사라지고 있잖아!"

래아가 사납게 말했다. 아닌게 아니라 래아 위를 뒤덮은 비구름은 아까보다 훨씬 작아져 있었다.

"네게 맞지도, 어울리지도 않는 물건을 가지고 나쁜 마음을 품으니까 그렇게 되는 거야. 그건 그렇고, 알려줘서 고마워. 네 말대로 이제 구름을 없애 버릴 참이니까!"

나는 그렇게 말하고 다시 구름을 향해 손을 뻗었다. 그 상태로 천천히 주먹을 쥐자 구름이 빠르게 걷히기 시작했다.

"그만해! 비옷을 돌려줘! 비옷이 없으면 난 그슨새가 될 수 없, 아니, 이게 없으면 곤란하다고!"

래아가 눈물을 글썽거렸다.

"한 가지 방법이 있기는 해. 선생님이 말씀하셨지. 티켓을 내지 않은 사람도 현장에서 물물 교환을 할 수 있다고. 그러니까 내 구슬이랑 네 비옷을 바꾸자."

내가 말했다.

"알았어, 알았다고. 네가 먼저 비옷을 이쪽으로 던져. 윽, 빨리……. 내 몸이 말라 가고 있잖아……."

래아가 애원했다. 괴로워하는 래아를 보니 측은한 마음이 들었다. 구미호에게 여우 구슬이 필요하다면 그슨새에게도 비옷은 중요한 물건일 수 있을 테니까.

"좋아. 약속이다!"

나는 들고 있는 비옷을 래아 쪽으로 던졌다. 비옷을 움켜잡은 래아가 휙 비옷을 몸에 두르더니 안도의 한숨을 쉬었다. 갈라졌던 래아의 피부도 물을 머금은 듯 원래대로 되돌아왔다.

"자, 이제 여우 구슬을 줘!"

하지만 래아의 얼굴엔 기묘한 표정이 떠올랐다.

"그렇게는 안 되지!"

래아가 깔깔거리더니 구름을 향해 다시 손을 뻗었다. 그러더니 다시 순식간에 구름의 몸집을 키우기 시작했다. 먹구름에서 다시 비가 내리기 시작한다면 나도 더 이상 버틸 수 없을 것 같았다. 역시 한 번쯤 래아를 믿어 준 내가 바보였을까?

그러나 이번에는 나보다 검은 여우가 빨랐다. 검은 여우는 그 누구의 눈에도 띄지 않고 래아를 향해 돌진했다. 여우는 순식간에 래아의 먹구름 안으로 쏙 들어가나 싶더니 그대로 래아의 머리 위에 착지했다.

"아악, 이게 뭐야!"

래아가 머리에 달라붙은 여우를 떼어 내려 했지만 역부족이었다. 검은 여우는 래아의 목에 걸린 목걸이를 눈 깜짝할 사이에 낚아챘다.

"아악, 안 돼. 내 거라고!"

래아가 발악하며 소리쳤지만 이미 여우는 입에 구슬을 문 채 나를 향해 바람처럼 달려오고 있었다. 래아가 분한 듯 손을 뻗었다. 그리고 여우가 내게 구슬을 던진 순간, 여우에게 빛을 쏘았다. 빛에 맞은 여우가 놀란 듯 눈을 크게 뜨더니, 감전된 것처럼 몸을 부르르 떨었다. 그러곤 마치 재에 탄 것처럼 순식간에 사라졌다.

"안 돼!"

내가 크게 외쳤다. 래아가 다시 득의양양하게 말했다.

"봤지? 저깟 여우 한 마리쯤이야 이렇게 쉽게 없애 버릴 수 있다고!"

나는 래아의 말에 귀 기울이는 대신 주먹 쥔 손을 폈

다. 그렇게 찾아 헤매던 여우 구슬이 드디어 내 손 안에 있었다. 나는 재빨리 여우 구슬을 목에 갖다 댔다. 엄마의 머리카락으로 만든 구슬의 끈이 내 살 안으로 파고들 듯 붙었다. 다섯 개의 목소리가 한 번에 들렸다.

돌아왔어.

그리고 나는 정말로 느낄 수 있었다. 다섯 개의 꼬리들이 모두 내게 돌아왔다는 사실을. 흑백이었던 세상이 다시 온갖 빛깔을 담은 총천연색으로 보였고 주변의 소리도 모두 볼륨을 키운 것처럼 생생하게 들렸다. 하지만 나를 도운 검은 여우는 어떻게 된 걸까? 정말 래아의 일격에 없어져 버린 걸까?

그때였다. 사라진 줄 알았던 검은 여우가 래아의 등 뒤에서 모습을 드러냈다. 그러고는 입으로 래아의 비옷을 다시 한번 낚아챘다. 역시 이대로 사라져 버릴 검

은 여우가 아니었다!

“아악, 하지 마. 이건 나한테 정말 소중한 거라고!”

래아가 거칠게 버둥거렸지만 여우는 이쪽저쪽으로 몸이 흔들리면서도 입에 문 비옷을 놓지 않았다. 마침내, 부욱! 소리를 내며 래아의 비옷이 뜯어졌다.

“안 돼!”

래아가 외쳤다. 거짓말처럼 래아의 비구름은 삽시간에 걷혔다. 다시 바닥에 쓰러진 래아가 분하다는 듯 나를 돌아봤다. 래아의 눈이 붉게 이글거렸다.

“너 때문에 모든 게 물거품으로 돌아갔어!”

래아가 소리쳤다.

“물거품이라고?”

내 말에 래아는 씩씩거리며 숨을 몰아쉬었다.

“몰라서 물어? 난 아이들에게서 빼앗은 힘으로 더 큰 에너지를 얻고 싶은 것뿐이야. 그래야 내 존재가 세상에 이름을 떨칠 테니까.”

"그런 비겁한 방식으로 이름을 떨치고 싶어? 그래 봤자 네 존재가 좋은 쪽으로 알려지는 것도 아닐 텐데."

내 말에 래아가 분하다는 듯 입을 달싹였다.

"고리타분하군. 어쨌든 내가 널 너무 얕봤나 봐. 하지만 기억해. 나 말고도 너를 노릴 존재들은 많다는 걸. 그렇다면 너도 곧 선택의 기로에 놓이게 될 거야. 그런데 그 전에 말이지."

래아가 비열한 미소를 지었다.

"네 정체를 다른 친구들이 알게 되더라도 너를 좋아할지 궁금하군."

래아가 이를 드러내고 웃었다. 나는 놀라서 말을 멈췄다. 래아를 저지하느라 검은 여우가 활약한 것을 아이들 모두 본 게 아닐까? 그렇다면 구미호인 나의 정체도 전교생 앞에서 탄로나 버린 걸까?

10. 여전히 남은 비밀

나는 천천히 뒤를 돌아봤다. 래아의 비를 맞고 멍하게 멈춰 서 있던 아이들이 하나둘 깨어나고 있었다.

"어떻게 된 거지."

"기억이 하나도 안 나……."

아이들이 중얼거리는 소리가 들렸다. 심지어 루미조차도 멍한 얼굴이었다.

"루미야, 너도 기억 안 나?"

내가 묻자 루미는 고개를 끄덕였다.

"응. 도래아가 네 구슬을 눈앞에서 채간 것까지는 기억나는데……. 그건 그렇고 세게 공을 던진 것처럼 팔이 뻐근하네?"

단체로 연극을 하는 게 아니라면 아이들은 정말로 래아가 벌인 일을 전혀 기억하지 못하는 것 같았다. 게다가 다행히도 모두 내가 알던 원래의 모습 그대로였다. 어떻게 된 건지는 몰라도 래아가 잠깐 동안 흡수했던 빛도 다시 아이들 각각에게 돌아간 것 같았다. 검은 여우가 내 안에서 나를 안심시키듯 속삭였다.

걱정 마. 래아의 비를 맞은 아이들은
너와 내가 활약하던 순간을 기억하지 못해.
게다가 너도 알겠지만 나는
누구의 눈에도 띄지 않고 움직인다고!

래아가 벌인 엄청난 일 가운데 유일하게 다행스러운

점이었다. 루미가 주변을 둘러보며 고개를 갸우뚱했다.

"근데 내 럭비공은 어디로 간 거지? 쎌 오빠의 사인이 새겨진 공을 잃어버리면 안 되는데……."

"여깄어."

윤나가 바닥에 떨어져 있던 루미의 럭비공을 가리키며 덧붙였다.

"그나저나 강당 안에 폭풍우라도 친 거야? 여기저기 물이 흥건해. 기억이 하나도 안 나니 알 수가 있어야지……."

"단미야. 너 찾고 있던 구슬은 벌써 목에 걸려 있네. 언제 찾은 거야?"

민재가 내 목에 걸린 구슬을 바라보며 물었다.

"어, 어떻게 하다 보니 그렇게 됐어. 근데 하나만 덧붙이자면, 너희가 다 함께 힘을 보태 줘서 찾을 수 있었던 것 같아."

내 말에 아이들은 무슨 소리인지 모르겠다는 표정을

지었다.

"잘 이해는 안 가지만, 도움이 됐다니 기쁘네! 그럼 다시 가 보자!"

루미가 웃으며 다시 한 발을 내딛었다.

"그래. 바자회 구경을 다시 시작하자고!"

민재가 말하면서 옆에 있는 부스의 물건을 와르르 떨어뜨렸다. 아이들 사이에서 웃음이 터져 나왔다. 나는 주변을 살폈지만 이미 래아는 모습을 감춘 뒤였다. 그때 누군가가 내 어깨를 톡톡 두드렸다. 지안이였다.

“어, 지안아…….”

“흠. 지난번에도 말한 적 있는 것 같은데. 소중한 건 쉽게 버리는 게 아니라고.”

지안이가 알 듯 모를 듯한 말을 중얼거렸다.

“어쨌든 구슬을 찾아서 다행이야.”

나는 아무렇지 않은 것처럼 말했다. 지안이도 다른 아이들처럼 래아의 구름에서 내리는 비를 맞았다면 모든 기억이 사라져 있을 테니까. 그런데 그때, 지안이가 이상한 말을 꺼냈다.

"손단미, 너 용감하다고 생각했어."

"응?"

"전교생이 다 보는 앞에서 네 털 뭉치를 드러냈잖아. 그게 네가 가장 피하고 싶던 거 아니었나?"

털 뭉치라는 말에 머리카락이 위로 쭈뼛 곤두서는 것 같았다. 꼬리를 처음 만났던 4학년의 어느 날, 황지안과 마주쳤던 기억이 떠올랐다. 그때 지안이가 내 꼬리를 털뭉치라고 놀렸었는데, 그렇다면 지안이는 오늘도 내 꼬리를 본 걸까?

"그, 근데 황지안 너. 너는 어떻게 기억이 남아 있는 거지?"

내 말에 지안이는 우산을 슬쩍 들어 보였다.

"얘기했잖아. 강당 안에서 비가 내리더라도 완벽히 방어할 우산을 샀다고. 오늘 왠지 이상한 일이 벌어질 것 같아서 준비를 좀 했거든."

지안이가 말했더니 대수롭지 않다는 듯 덧붙였다.

"아아, 뭐 그렇게 걱정은 하지 마. 이 몸이 이래 봬도 입은 무겁다고. 해님반의 명예를 걸고, 네 비밀은 엄수할게, 털뭉치!"

지안이가 유들유들하게 말하더니 대답할 틈도 없이 나를 앞서서 강당을 빠져나갔다. 나는 지안이의 뒷모습을 바라봤다. 지안이는 나에 대해 어디까지 알고 있는 걸까? 유치원 해님반 짝꿍 시절부터 알고 있던 지안이가 조금 다르게 보인 순간이었다.

내 목에 걸린 여우 구슬에서 맥박이 뛰는 듯한 느낌이 들었다. 여우 구슬은 단순한 물건이 아니었다. 나의 일부이자, 나의 분신인 꼬리들의 힘을 모아 놓은 집약체, 구미호인 나의 모든 것이 한데 모인 소중한 구슬이었다. 다시는 여우 구슬을 잃어버리지 않겠다고 생각했다. 그것이 내가 바자회에서 얻은 교훈이었다.

"여러분끼리만 진행하는 바자회라서 속으로 조금 걱정을 했었는데 완전한 기우였습니다!"

바자회 행사가 끝나고 종례 시간에 미스터 헬로가 대견하다는 듯 말했다.

"선생님들은 학생 여러분이 이렇게 차분하고 질서정연하게 바자회를 마친 것에 감동받았어요. 행사 초반부터 CCTV가 좀 흐려져서 자세한 상황은 보지 못했지만……. 바자회가 끝날 무렵 선생님들이 찾아갔을 때 여러분은 그 어느 때보다도 즐겁게 행사를 즐기고 있었으니까요오."

나는 아무도 모르게 헛웃음을 지었다. 래아가 강당

에서 벌인 일을 기억하는 사람은 전교생 중 정말로 나와 지안이뿐인 것 같았다. 그렇지만 그 사실이 오히려 다행스러웠다. 이 모든 일을 받아들이는 게 훨씬 어려웠을 테니까. 우리를 바라보던 미스터 헬로가 갑자기 고개를 앞으로 내밀었다.

"그나저나 도래아 학생은 무슨 일이 있었나요? 옷이 좀 손상된 것 같은데……?"

뒤를 돌아보니 래아가 갈기갈기 조각난 비옷을 입은 채 책상에 엎드려 있었다.

"아니에요, 아무것도……."

래아가 작은 목소리로 대답했다. 래아는 지쳐 보였고 힘이 완전히 빠져 있었다. 얼굴이 모래 바닥처럼 갈라진 것 같기도 했지만 엎드려 있어서 자세히 살필 수는 없었다. 그리고 그것이 내가 본 래아의 마지막 모습이었다.

그 뒤로 래아는 완전히 자취를 감추었다. 그 애가 어

디로 떠났는지 아는 사람은 아무도 없었다. 갑자기 전학 왔을 때처럼 래아는 소리 소문 없이 사라졌다. 하지만 왠지 마음속에 한 가지 생각이 계속 머물렀다. 혹시 래아는 재이가 떠난 곳으로 간 게 아닐까? 그곳이 어디인지 궁금하면서도, 끝까지 알고 싶지 않다는 생각이 동시에 들었다.

11. 꼬리의 이름

그날 늦은 오후부터 눈이 내리기 시작했다. 나는 강당에서 있었던 일을 엄마에게 들려주었다. 엄마는 걱정스러운 표정을 짓다가 흥미진진하다는 얼굴이 되었다가 마침내 다행스럽게 한숨을 내쉬었다.

"정말 마음에 드는 결말이구나. 단미가 잘 해낼 줄 알고 있었지만!"

엄마는 미소를 짓더니 궁금한 듯 물었다.

"근데 단미는 결국 바자회에서 고른 물건이 없는 건

가?"

"응. 티켓을 받긴 했는데, 여우 구슬을 되찾았으니까 결과적으로 내가 낸 물건이 하나도 없게 된 거잖아. 그래서 티켓은 안 썼어. 그게 바자회의 규칙이니까."

내가 말했다. 조금 아쉽긴 했지만, 구슬을 찾은 것만으로도 다행이었다.

"그렇구나. 그럴 줄 알고 엄마가 준비한 게 있지."

엄마의 얼굴에 장난스러운 표정이 어리기 시작했다.

"뭔데?"

엄마가 등 뒤에 감춘 무언가를 내 앞에 놓았다.

"짜잔! 단미를 위한 특별 선물!"

"……생쥐 젤리? 게다가 두 봉지나 되잖아!"

"응! 여우는 잡식성이니까. 이렇게 힘을 많이 쓴 날엔 생쥐 젤리도 잔뜩 먹어야지."

내가 환호하며 젤리 봉지를 뜯자 엄마는 귀엽다는 듯 쿡쿡 웃더니 조심스럽게 물었다.

"아직도 여우 구슬이 답답하니?"

나는 고개를 세차게 저었다.

"아니. 래아와 있었던 일로 생각이 완전히 바뀌었어. 엄마한테는 미안하지만 래아와의 일이 있기 전까지만 해도 내가 구미호라는 사실이 너무 싫었거든. 근데 이제는 그렇게까지 싫지는 않아."

엄마가 고개를 끄덕였다.

"엄마도 알아. 엄마도 내가 구미호라는 사실이 정말로 너무 싫었던 때가 있었으니까. 할머니한테는 미안하지만."

우리는 마주 보고 한참을 웃었다. 그 바람에 정작 궁금한 걸 묻지 못했다. 래아의 말처럼 정말 다른 세계가 존재하는지, 내가 어떤 선택을 해야 하는 상황이 오게 되는지 궁금했다. 그러나 지금 오랜만에 엄마와 함께 웃고 있는 시간을 멈추고 싶지는 않았다.

저녁이 되자 눈발은 차츰 굵어져 갔다. 펑펑 내리는 눈이 온 세상을 하얗게 덮었고 창밖의 풍경은 오로지 검은 하늘과 흰 눈뿐이었다. 그 풍경이 누군가를 연상시킨다고 생각하는 찰나, 검은 머리칼의 아이가 이미 내 앞에 서 있었다.

"날 불러 줘서 고마워."

아이가 담담한 미소를 지으며 말했다.

"내가 널 부른 건가?"

"응."

아이가 고개를 끄덕였다.

"하긴, 넌 나보다도 내 생각을 먼저 눈치 채는 것 같으니까. 마침 너한테 해 줄 말을 떠올리던 참이었거든. 네 도움이 아니었다면 모든 게 불가능했을 거야."

내 말에 아이는 수줍은 미소를 지었다. 나는 작게 헛기침을 했다.

"그리고……. 네가 좋아할지 모르겠는데, 너한테 어울릴 만한 이름이 떠올랐어."

"정말?"

아이의 눈이 커졌다. 나는 아이를 향해 천천히 고개를 끄덕이고는 입을 열었다.

"넌 진실의 꼬리야."

"진실?"

아이가 물었다.

"처음엔 네가 우울하고 절망적인 꼬리인 줄만 알았어. 실제로 너는 시꺼먼 늪 같았거든. 게다가 네가 가진 능력도 나에게서 색과 소리를 빼앗아 가는 거였으니, 내 기분까지 덩달아 늪 속으로 빨려든 줄 알았지. 그런데 아니었어. 네가 소리와 색깔을 없애 주고 나니까, 바깥으로만 향하던 마음이 진정되더라고. 정말 짧은 시

간이었지만 그때만큼 깊게 무언가를 생각한 적은 없었어. 그렇게 하니까 어떻게 판단하고 행동해야 할지 알 수 있겠더라고. 넌 나를 생각하게 해. 그래서 진실을 깨닫게 해 주지. 그러니까 넌 진실의 꼬리인 거야."

"진실이라. 괜찮은 이름인걸?"

아이가 신난 듯 입꼬리를 올렸다. 그러자 항상 진지해 보이기만 하던 얼굴에 발랄한 표정이 스쳤다.

"앞으로도 자주 나를 찾아와 줘. 여태까지 그랬던 것처럼 소리도 느낌도 없이 말이야."

"알았어. 그런데 지금은 네가 얘기 나눠야 할 사람이 있어."

"응?"

"저기! 문을 열어 봐."

아이가 방문을 가리켰다. 그러고는 조용히 등 뒤로 사라졌다. 나는 가만히 문을 열었다. 그러자 창문 앞에 앉아 눈 내리는 바깥 풍경을 바라보는 아빠의 뒷모습이 보였다. 나는 거실로 나가 조용히 아빠 곁에 앉았다.

"눈이 정말 많이 온다, 그렇지?"

내가 말하자 아빠가 옅은 미소를 지었다.

"니나를 처음 만났던 날도 이랬어. 눈이 펑펑 쏟아지는 겨울밤이었지."

"니나를 처음 봤을 때, 반가웠어?"

"그럼."

아빠가 조용히 말했다.

"처음 만난 순간부터 아주 오랫동안 좋은 친구가 될 거라는 걸 알고 있었지."

"아직도 니나가 많이 보고 싶어?"

내가 물었다. 아빠의 마음이 전해져서 조금 슬퍼졌다.

"물론이지."

아빠가 말했다. 그런데 그렇게 말하는 아빠의 얼굴에는 놀랍게도 작은 미소가 떠올라 있었다. 니나 얘기만 하면 슬프고 괴로워 보이던 표정은 온데간데 없이 사라지고 말이다.

"아빠가 웃는 거 오랜만에 봐."

내 말에 아빠는 잠깐 생각에 잠겼다.

"단미한테 아빠 웃는 모습 보여 준 게 그렇게 오래됐나?"

"응. 얼마 전엔 우리 학교 앞에서도 심각한 얼굴로 그냥 지나갔잖아. 비도 많이 오는 날이었는데 내 생각은 전혀 하지 않고 있었다고!"

아빠가 하하 웃었다.

"그날 말이지. 사실은 단미를 데리러 학교 앞에 갔었어. 그런데 신호등을 건너려고 멈췄을 때 갑자기 바닥에 고인 물웅덩이를 보게 됐지. 물웅덩이 속에 비친 아빠 얼굴이 너무 우울하고 슬퍼 보였단다. 그 모습으로 단미와 마주치고 싶지 않았어. 억지로 웃을 자신이 없었거든."

"그랬구나……."

비가 오던 날, 고개를 숙이고 있던 신호등 앞의 아빠가 떠올랐다. 그때 오해해서 상처받았었는데, 이렇게라도 풀어서 다행이었다.

"그래서 어떻게 됐어?"

"처음엔 슬펐지. 니나와의 추억을 생각하니 한없이 슬프고 안타까웠어. 그런데 혼자 깊은 생각에 빠져 있다 보니 어느새 다른 생각이 떠오르기 시작했지. 아빠가 계속 슬픔에 빠져 있기만 한다면 단미도, 엄마도 함께 행복하지 않을 것 같았어. 아빠는 니나를 위해 충분히 슬퍼했고, 앞으로도 니나를 떠올리면 니나가 곁에 없다는 사실이 슬플 거야. 하지만."

아빠가 말을 멈추고 나를 바라봤다.

"아빠한테는 단미가 더 소중하단다."

"정말?"

"그럼!"

"그럼, 오늘 저녁은 떡볶이 해 주는 거야?"

"물론이지!"

아빠가 웃었다. 그리고 나를 따뜻하게 안아 주었다.

그날 저녁 나는 아빠의 특제 요리인 깻잎떡볶이를 오랜만에 먹을 수 있었다. 입안 가득 매콤달콤한 떡볶이가 오묘한 깻잎향과 함께 어우러졌다. 이렇게 평온한 일상은 언제까지 지속될까? 이번 일은 무사히 넘어갔지만 또다시 새로운 사건이 나를 기다리고 있을 것 같은 강한 예감이 들었다.

"뭐 하니, 아빠가 모처럼 해 준 떡볶이인데 얼른 먹어야지!"

엄마가 따스한 미소를 지으며 말했다. 나는 헤헤 웃으며 다시 말캉한 떡을 하나 집어들었다.

바깥은 추운 겨울이었다. 함박눈은 어느새 매서운

눈보라로 바뀌어 있었다. 바람이 위잉 위잉 불고 창틀에서 달캉거리는 소리가 났다. 하지만 우리 집은 그 어느 때보다도 따뜻하고 웃음이 넘쳤다.

래아의 편지

흠! 내가 이런 글을 쓰게 될 줄 몰랐는데, 어색하군……. 사실 난 친구가 없어서 이렇게 누군가한테 편지를 쓰는 게 처음이거든. 솔직히 말해서 친구가 별로 필요하지도 않아. 나는 친구 따위에 목숨을 거는 시시한 아이들과는 다르니까.

이 학교에 구미호의 피를 가진 아이가 있다는 걸 알게 됐을 땐 뛸 듯이 반가웠어. 다른 아이들의 눈은 속일 수 있을지 몰라도 나는 그 아이, 손단미를 한눈에 알아볼 수 있었지. 난 손단미와 아주 좋은 친구가 될 거라 생각했어. 아, 물론 네가 떠올리는 '친구'라는 단어랑은 좀 다른 의미에서 말이야. 각자가 가지고 있는 신비한 능력을 이용해서 다른 아이들의 마음을 홀릴 수 있을 것 같았거든.

하지만 손단미는 나와 달랐어. 그 애는 바보처럼 혼란스러워하기만 했지. 엄청난 힘을 지닌 여우 구슬을 가졌는데도, 그걸 이용할 생각을 하지는 않고 속으로 갈팡질팡하는 게 어찌나 답답하던지! 그래서 난 결심한 거야. 차라리 내가 여우 구슬을 빼앗아서 제대로 써야겠다고 말이지. 때마침 열린 바보 같은 바자회에서 그 계획은 완벽하게 실현되는 것 같았어.

그런데 손단미는 이상한 방법으로 내 계획을 비틀었어. 자신의 존재가 드러날 위험을 무릅쓰고 아이들을 내 비구름으로부터 구해 냈지. 내가 뿌린 비 덕분에 아이들은 아무런 기억도 하지 못하겠지만, 손단미의 그 대담한 마음 하나는 높이 쳐주려고 해.

내가 치사하고 비겁한 존재라서 나를 좋아하지 않는 아이들이 훨씬 많다는 건 나도 알고 있어. 그게 섭섭하냐고? 아니! 오히려 자랑스러워. 이왕 악당이 될 거라면 그저 그런 악당 말고, 드높이 이름을 떨치는 악당이 되는 게 내 꿈이니까! 그러니 너도 혹시나 나를 만나게 된다면 마음이 홀리지 않도록 조심하는 게 좋을 거야. 나는 사람을 조종하는 데 능숙하니까. 비바람에 흔들리는 나무처럼 네 마음을 원하는 방향대로 쉽게 움직일 수 있지.

못된 생각이라고? 하지만 내가 이쯤에서 사라진다고 해도 안심하지는 마. 나 같은 그슨새가 아니더라도 네 주변에는 네 마음을 이용해서 너의 힘을 빼앗으려 하는 사람이 벌써 있을지도 몰라. 그런 사람들은 늘 존재해 왔으니까. 네가 흔들리지 않게 잘 단속하는 건 오로지 너의 몫일 거야.

다음 얘기가 어떻게 펼쳐질지 궁금하다고? 하나만 말해 주지. 나는 여기서 퇴장하지만 머잖아 또 다른 존재가 등장하게 될 거야. 그리고 손단미는 선택을 하게 되겠지. 그 모습을 함께 지켜보지 못해 아쉽군. 그 이야기를 함께하는 건 너의 몫으로 남겨 둘게. 그렇지만 나를 잊지 마. 나, 도래아는 네 악몽 속에 오랫동안 머물고 싶으니까!

도래아 씀